ROMY, MA MÈRE ET MOI
La Biographe

Agrégée de lettres modernes, Évelyne Bloch-Dano est écrivain et journaliste. Elle est notamment l'auteur, chez Grasset, de *Madame Zola* (1997, Grand Prix des lectrices de *Elle*), *Flora Tristan* (2001) et de *Madame Proust* (2004, prix Renaudot de l'essai).

Paru dans Le Livre de Poche :

MADAME PROUST
MADAME ZOLA

ÉVELYNE BLOCH-DANO

Romy, ma mère et moi

La Biographe

GRASSET

© Éditions Grasset & Fasquelle, 2007.
ISBN : 978-2-253-12251-7 – 1re publication LGF

A ma sœur, bien sûr.

La biographie est l'art d'être l'autre que je suis.

Emilio RODRIGUÉ.

Romy, en équilibre sur le trottoir, se balançait d'avant en arrière. Soudain, elle s'élança. Elle se jeta entre les véhicules, frôlant les pare-chocs et les roues des voitures. Je me mis à crier : Romy, tu es folle, arrête, tu vas te faire tuer ! Dans le fracas de la circulation, elle ne m'entendait pas. Elle allait de l'avant. Il y eut un coup de frein. Puis, plus rien.

Je me suis réveillée en sursaut, puis rendormie. Le lendemain, j'ai entendu aux informations que Romy Schneider était morte dans la nuit. Arrêt cardiaque, suicide, on ne savait pas. Les récits, les témoignages se succédaient. Cette actrice merveilleuse, la souffrance, son fils, épuisée… Je n'écoutais plus. Seule demeurait l'impression de mon rêve. Aujourd'hui encore, plus de vingt ans après, je la revois, les pieds sur le bord du trottoir, hésitant puis s'élançant. Et mon cri.

Une autre nuit, bien plus tard, j'ai rêvé que j'étais avec mon père dans une gare de Berlin, sous une verrière pleine de lumière. Il était jeune, grand, brun comme sur les photos de mon enfance. J'étais une toute petite fille, et il me portait sur ses épaules.

Sentiment glorieux de l'enfant sur les épaules de son père. Il a étendu le bras en me montrant la ville nouvelle à l'horizon puis m'a déposée délicatement à terre et s'est éloigné. Je crois qu'il a prononcé quelques mots, mais je les ai oubliés. Je me suis réveillée noyée d'amour. Quelques minutes plus tard, j'apprenais qu'il était mort dans la nuit. J'ai su que son dernier acte de tendresse avait été cette visite, et son geste qui me montrait l'avenir. Il ne me porterait plus sur ses épaules. Je n'étais plus une petite fille. Il s'en allait. Mais sa présence ne m'a pas quittée. Parfois, quand quelque chose de bon m'arrive, quand je sais qu'il serait fier de moi, me viennent ces mots de *Yentl* chantés par Barbra Streisand : « *Papa, can you see me ? Papa, can you hear me ?* »

La Romy qui m'habite est née de mon rêve, la nuit de sa mort. Elle n'a pas marqué mon enfance, je ne me rappelle pas m'être identifiée à Sissi, et encore moins aux héroïnes des films de Claude Sautet.

Tout a changé avec *La Passante du Sans-Souci*. Peut-être à cause de ces morts autour d'elle, le visage dévasté de Romy m'est entré dans le cœur. Jamais elle n'avait été si belle. Ai-je compris alors que ce film porté par elle dans la souffrance reflétait au plus près sa personnalité déchirée ? Elle y interprétait deux femmes, Elsa Wiener, une Allemande qui avait sauvé Max Baumstein, un enfant juif, et Lina, l'épouse de Max, devenu adulte. Je ne savais pas à quel point ce double rôle était lié à sa propre histoire. J'ai encore moins deviné que ce film, et Romy Schneider elle-même, me parlaient de l'histoire des miens.

Ce fut son dernier film. Elle tenait à ce projet et avait voulu le mener à terme malgré son état de fai-blesse – elle avait été opérée d'une tumeur au rein – et la mort horrible de son fils David. Le titre semblait mettre un point final ironique à une vie dévorée par l'angoisse. Mais, je l'ai compris depuis, *La Passante du Sans-Souci* lui avait permis d'exprimer, à travers deux époques et deux personnages, le drame d'une vie écartelée entre soi et l'autre, le passé et le présent, la culpabilité et la dette. Au-delà du romanesque, l'actrice jetait ses dernières forces dans une fiction qui disait la vérité sur son existence : la tentative de rachat d'une faute qui n'était pas la sienne. Le film s'achevait tragiquement, comme sa vie, quelques semaines plus tard. Elsa sauvait son mari en cédant à un officier nazi qui la désirait, avant d'être abattue par la Gestapo ; Max Baumstein était assassiné, après avoir liquidé ce même officier devenu ambassadeur du Paraguay.

Longtemps, j'ai gardé l'image du « Sans Souci », ce café où se retrouvaient les réfugiés allemands, et de cette femme aux abois. Elle m'évoquait la Romy de la fin, l'errante qui fuyait la nuit dans Paris. J'ai commencé à écrire un roman : Anne, une traductrice, rencontrait une femme dans la rue, une nuit d'hiver. Rosa Staub était une actrice célèbre mais paumée, à bout de forces. Anne la recueillait et une amitié étroite se nouait entre elles. Peu à peu, Rosa absorbait l'énergie d'Anne et revenait à la vie. Anne, à son tour, devenait la créature fantomatique qu'elle avait croisée jadis, dans une rue de Pigalle... Je n'ai jamais réussi à finir ce roman, cette déchéance m'était insupportable. Des années plus tard, j'ai appris que Romy signait « Rosa » les lettres qu'elle adressait à son amie berlinoise, la journaliste Christiane Höllger.

J'ai eu envie de revoir *La Passante du Sans-Souci*. C'était un soir de décembre, il neigeait sur Paris. J'habitais alors rue Saint-Antoine et le film se donnait tout près. Je suis sortie du cinéma en larmes. Quelque chose s'était produit en moi, je ne savais pas quoi.

L'intrigue, les noms des personnages, les visages s'effacèrent, mais certaines images de ce film un peu convenu se gravèrent dans ma mémoire, à côté de chefs-d'œuvre comme *La Strada* de Fellini ou *La Nuit des forains* d'Ingmar Bergman, éveillant un sentiment confus et pénible.

Et puis un jour, j'ai compris : ces visions me hantaient parce qu'elles prenaient leur source en moi. Des pans entiers d'une histoire oubliée, que j'avais VOULU oublier avant même de la connaître. Celle de ma mère, juive allemande, et de toute sa famille. Le passé était un trou noir. La passante que l'actrice avait incarnée surgissait d'un monde enfoui, mais étrangement familier.

Peu à peu, avec les images, les émotions, les fragments de récits, les rencontres, a émergé le sens.

Elsa Wiener-Romy Schneider : le drame personnel de Romy ou celui de milliers d'Allemands, trop jeunes pour porter la moindre responsabilité dans le génocide, trop âgés pour avoir eu « la grâce d'une naissance tardive » (« *die Gnade des späten Geburt* »). Qu'elle ait été une star ne change rien. Ou plutôt, parce que Rosemarie Albach alias Romy Schneider, fille de Magda la Bavaroise, est célèbre, nous avons accès à un récit exemplaire, projeté sur l'écran géant de notre imaginaire. Je peux y lire l'histoire en miroir de ma propre famille : celle de juifs allemands, à la même époque.

Ma mère-Romy. Dos à dos, tendues dans le même effort pour surmonter le passé. *Die Vergangenheits-*

bewältigung. Rien ne justifie ce rapprochement, tout le légitime. A la question que Romy Schneider s'est posée toute sa vie : « Comment peut-on être allemande ? » répond l'écho : « Comment peut-on être juive allemande ? »

Et si chacune d'elles possédait un fragment de la vérité de l'autre ? Il faut que je sache. Aller de l'une à l'autre, tresser ces vies à première vue si différentes, les éclairer mutuellement. Elles sont les deux faces d'une même mémoire, la mienne, celle de la biographe que je suis... Une identité fossilisée, rejetée. Déniée, peut-être. Pourquoi ne sais-je rien ? Pourquoi ce lien avec l'Allemagne est-il si conflictuel, nourri de passion et d'incompréhension ?

Quand j'étais enfant, durant les longs trajets en voiture, j'aimais m'imaginer vivant dans le passé, de préférence à l'époque de Louis XIV, sans doute à cause du *Vicomte de Bragelonne* et de Louise de La Vallière, la favorite boiteuse du roi à laquelle je m'identifiais, allez savoir pourquoi. Je reconstituais avec minutie le cadre, les rues étroites, les carrosses, les maisons à colombages. La Cour ne m'intéressait pas, mais bien les faubourgs et la ville elle-même. Où aurais-je habité si j'avais vécu à cette époque ? Qui aurais-je été ? Ce fut un choc de découvrir que les Juifs n'avaient pas droit de cité à Paris avant la Révolution. Tout simplement, je n'aurais *pas* été là. Mon premier devoir d'histoire en hypokhâgne était encore imprégné de ces fantasmes. Le sujet portait sur l'Ancien Régime. Soulevée par mon inspiration, je couvris plusieurs pages qui me revinrent barrées en rouge avec la mention : VERBIAGE. Ce jour-là, j'ai compris que l'Histoire, ce n'étaient pas seulement des histoires. J'ai choisi la littérature.

« Le biographe, fourmi consciencieuse d'une entre-prise récriée, écrit Henri Raczymow, est une manière de nécrophage, ou de nécrophore ; il a affaire à la mort, et doublement : il a besoin d'elle pour que son objet soit clos et à jamais ficelé comme un quartier de viande à quoi il est à présent réduit (et comme s'il voulait davantage encore s'en assurer, ses pas le conduiront, avant toute chose, vers la tombe où il repose) ; et en même temps, cette mort, il la récuse, il la tient en horreur, il voudrait passer outre, et par son travail même, c'est comme s'il voulait l'abolir. » Bien vu. C'est pourquoi la biographie d'un personnage vivant n'a aucun sens et ne peut être que ratée, servile, mensongère ou indiscrète. En compagnie de mon père, je me suis promenée un jour dans le cimetière de Montmartre où est enterrée Alexandrine Zola. Il m'a montré sa future tombe à lui, et nous avons plaisanté à propos des noms juifs qui l'entouraient. J'ai pensé : la prochaine fois que je viendrai sur cette tombe, je pleurerai. Mais j'essaierai de me rappeler combien nous avions ri, ce jour-là.

Bien sûr, le jour dit, j'ai oublié de m'en souvenir. Mais dans ma tristesse, j'ai éprouvé un soulagement : le choc de la pelletée de terre sur le cercueil me disait que les morts sont séparés des vivants. Pourtant, le biographe s'attelle bien à cette tâche : redonner vie aux morts en leur prêtant ses mots, son souffle – et parfois, sa mémoire. Aucun ne choisit son sujet par hasard.

Romy Schneider aurait été un merveilleux personnage pour Stefan Zweig. A ses yeux, les crises révèlent une personnalité dans toute son incandescence. Mais s'il y a trop de crises ? Eclats, sommets et abîmes, brisures, gloire. Et tant d'images, d'interviews, d'articles, de biographies… Comment ne pas se répéter ? Si j'allais être déçue ? Si ces plongées et ces renaissances ne recelaient aucune profondeur, ne masquaient que le tiède souci de plaire ? Je sais déjà que de ses déclarations à la presse, il ne faut pas tout croire. Les titres : « J'ai changé », « Ma nouvelle vie commence », « Le bonheur d'être mère ». Elle détestait les interviews, elle en avait peur, ce qui ne l'empêchait pas de se jeter parfois dans les pires confidences, aux pires moments.

Romy Schneider garde son mystère. Son masque d'actrice laisse entrevoir un double visage, énigmatique : une petite fille gentille, une femme douloureuse, presque dure parfois. Il faudrait y ajouter la femme libre, l'amoureuse, la victime… D'autres encore. Comment les faire coïncider ? En comprenant où tous ces visages prennent naissance, où ils se rencontrent. La petite fille gentille, peut-être.

S'il y a une femme à qui ne conviendrait pas le mot gentille, c'est bien ma mère. Non qu'elle soit méchante, comme disent les enfants, ou cruelle, ou même indifférente. Non, simplement, ces catégories ne s'appliquent pas à elle. Indomptable, invulnérable, insubmersible. Increvable. « Les mauvaises herbes, ça repousse toujours », aime-t-elle à répéter. Une force de la nature. Ses gifles baguées volaient plus vite que la parole, son amour impérieux m'étouffait au point de me rendre rebelle à toute autorité. Une mère toute-puissante qui rêvait pour moi d'un destin hors pair. Ma seule arme était de refuser de manger. On n'a pas trouvé mieux pour inquiéter une mère, surtout juive. De huit jours à douze ans, la nourriture a été un combat quotidien entre nous. Volonté contre volonté. Quand elle a recommencé à travailler, j'ai gagné ma liberté et le droit de m'alimenter. De telles mères vous donnent des ailes. Que ne ferait-on pour en être digne ? Que ne ferait-on aussi pour leur échapper ? Explosive, adorante et parfaite, elle avait oublié une seule chose : me prendre dans ses bras et me câliner.

J'étais le garçon qu'elle aurait aimé avoir – et sans

doute être. Refrain classique. Quand je recevais une gifle, je ne pleurais pas. Je pensais très fort : « M'en fiche. » Ma mère retournait dans sa cuisine en marmonnant. Parfois sa litanie de reproches reprenait, des heures plus tard. Je ne savais même plus de quoi elle parlait. Je levais les yeux au ciel, je haussais les épaules. Plus jeune, je lui tirais la langue.

— Je vais le diiiiiiiiire à ton père ! hurlait-elle.

Elle le disait ou pas. Je n'étais pas loin de croire que mon père me soutenait dans cette lutte contre le pouvoir central.

Un jour, après avoir couru dans tous les sens dans le minuscule appartement, sautant sur les lits, claquant les portes, je lui ai rendu sa gifle. Elle en parle encore.

Je me rends compte aujourd'hui, en regardant les photos, qu'elle était d'une beauté indéfinissable. Son visage manquait de régularité mais ses yeux verts, sa bouche, ses jambes, son allure avaient du charme, de la personnalité. Seins, talons aiguilles, vernis à ongles, sourire Rouge Baiser, on la remarquait, on ne l'oubliait pas. Pourtant, moi, je l'ai oubliée, cette jeune femme, elle se confond avec les clichés en noir et blanc de l'album familial. Je ne la voyais pas. Trop tendue vers elle, trop désireuse de lui plaire ou de lui déplaire. Et peut-être un peu effrayée, tout au fond.

Oui, ma mère était un personnage. Son aplomb était confondant. Elle doublait tout le monde dans les queues de cinéma, demandait un rabais ou un cirage gratuit chez les marchands de chaussures et annonçait à toutes les vendeuses que sa fille – moi –

était un génie. Les vendeuses souriaient poliment, j'aurais voulu rentrer sous terre.

Pauvre maman, qui ne sait plus aujourd'hui qui je suis.

Mais il ne faut pas croire… La petite vieille aux mains tremblantes peut se métamorphoser. Il suffit pour cela qu'on s'intéresse à elle, qu'elle soit la reine de la fête. En un clin d'œil, elle redevient pétulante. Ses yeux brillent, elle montre ses belles mains aux ongles laqués et répond avec assurance à des questions qu'elle n'entend pas. Elle est drôle, pleine d'une énergie surgie d'on ne sait où – qui devait être là, en dépôt, inemployée.

— Vous savez, annonce-t-elle fièrement, moi j'étais interprète à Berlin en 1945. J'ai été parmi les premières jeunes filles françaises à entrer en Allemagne à la fin de la guerre.

Son interlocuteur, gériatre, infirmière ou employée de maison de retraite, l'encourage d'un air intéressé. Avec ma sœur, on se regarde, faussement atterrées. Dans deux minutes, elle va lui réciter *Erlkönig* de Goethe. Et cela ne rate pas :

Wer reitet so spät durch Nacht und Wind ?
Es ist der Vater mit seinem Kind
Er hat den Knaben wohl in dem Arm
Er faßt ihn sicher, er hält ihn warm…

Maman débite son texte d'un bout à l'autre, exactement comme elle l'a appris en classe, il y a plus de soixante-dix ans. Nous sourions, les larmes aux yeux.

La seule chose qu'elle ne dira jamais, c'est qu'elle est née et a grandi en Allemagne.

Dans ce silence, quelque chose se noue entre ma mère et Romy Schneider. L'amour et la haine de cette Allemagne qu'elles ont quittée, peut-être ?

Un matin, j'ai trouvé au grenier un album intitulé *Bunte Film Bilder*. Il contenait des dizaines de photos d'acteurs allemands, aux couleurs acidulées. A qui appartenait-il ? A mon père, passionné de cinéma ? A ma mère, qui avait vécu en Allemagne ? Brigitte Helm, Greta Garbo, Lilian Harvey, Camilla Horn, Hilde Weissner, Willy Fritsch, Hans Albers, Marlene Dietrich, Leni Riefenstahl et bien d'autres figurent dans cet album qui semble dater de l'immédiat avant-guerre. Magda Schneider occupe une demi-page entière. Wolf Albach-Retty, yeux verts, sourire de séducteur et foulard en soie à motifs cachemire, doit se contenter d'une seule photo.

Les parents de Romy se rencontrent au début des années 30 dans les studios de l'UFA, à Berlin. Wolf Albach-Retty, héritier d'une dynastie d'acteurs autrichiens, est déjà connu du public, Magda, une ancienne sténodactylo d'Augsbourg, en Bavière, est devenue, contre la volonté de ses parents, chanteuse d'opérettes. Elle a débuté au cinéma à Munich en 1930. Forêt-noire au chocolat et crème fouettée. L'UFA a l'idée de les réunir et d'en faire un couple

25

idéal de jeunes premiers. La principale société de production allemande s'est débarrassée de ses Juifs. Pensons à Ernst Lubitsch (déjà parti, lui), à Fritz Lang, à Erich von Stroheim, à Max Ophuls, à tous ces réalisateurs qui ont quitté l'Allemagne pour les Etats-Unis. L'UFA alimente le public en comédies divertissantes avant de se signaler dans le grand spectacle à la gloire du Führer et du Troisième Reich, tel que *L'Aube* ou *Le Jeune Hitlérien*. Goebbels a très vite compris le parti à tirer d'un média aussi puissant. Tous les films de Leni Riefenstahl, commandés directement par Hitler, seront distribués par l'UFA. Evasion et propagande, les deux lois du cinéma fasciste. Magda et Wolf participent activement au premier genre. Et c'est justement en 1933 qu'ils se rencontrent sur le tournage d'un film intitulé : *Kind, ich freu' mich auf dein Kommen (Petite, je me réjouis que tu viennes)*.

Miracle : ils tombent amoureux. Succès garanti pour les magazines. Ils triomphent sur les écrans et leur idylle se prolonge dans la vie. Ils se marient en 1937.

Magda, fille d'entrepreneurs en plomberie, a les pieds bien sur terre. Elle semble prête à tout pour réussir. Une volonté de fer. Un physique agréable, courageuse, organisée, adepte de l'ordre. Ah ! l'ordre ! *Ordnung*. Mot d'ordre, oui, d'une génération, d'un peuple.

Une émission de télévision, il y a quelques années, avait interrogé des femmes qui vivaient en Israël mais avaient passé leur jeunesse en Allemagne sous le Troisième Reich. Que vous reste-t-il de votre jeu-

nesse allemande ? interrogea le journaliste. Pour-
riez-vous le définir en un mot ? Toutes répondirent :
l'ordre. J'ai posé par jeu la question à ma mère. Elle
n'a pas hésité : l'ordre.

— A l'école, toutes nos affaires, le plumier, les
cahiers, les livres devaient être rangés impeccable-
ment. L'institutrice passait dans les rangs avec une
règle et vérifiait que tout était aligné au millimètre
près. Nous nous tenions immobiles, les bras croisés.

Romy Schneider a subi le même dressage. Mais
comme son père, elle est allergique à cette contrainte.
L'une des premières confidences de Magda sur sa
fille concerne son manque d'ordre, « son point fai-
ble ». La jeune fille n'a pas intégré cet idéal mais
l'injonction est assez ancrée pour qu'elle se révolte
contre elle ou, à l'inverse, s'y livre soudain avec excès.

Tenante de l'ordre, Magda Schneider l'est dans
tous les sens du terme. Contrairement à Wolf – Wolf,
le nom de code de Hitler –, plus rebelle si l'on en
croit la légende, ses sympathies vont au Führer. Elle
se vantera d'avoir joué dans le dernier film du réalisateur juif Kurt Gerron. Mais il a dû fuir l'Allemagne
en plein tournage et est mort à Auschwitz. De 1933
à 1945, elle apparaît dans trente-cinq films ! Quant
à Wolf, il participe en 1943, sous la surveillance des
SS et de la Gestapo, au tournage difficile d'un film
dans la capitale tchèque occupée. Dans une atmosphère glacée, les machinistes et les éclairagistes
manipulent leurs appareils en silence. Tous font mine
de ne pas comprendre l'allemand. Les comédiens,
anéantis, ont bien du mal à trouver l'élan nécessaire

à la comédie sentimentale pour laquelle ils ont été engagés, intitulée *Hundstage (Des journées de chien).*

Un document montre Magda Schneider en compagnie d'officiers allemands et de Hitler lui-même, à Berchtesgaden. Hasard ?

En 1945, quand le cinéma nazi s'est effondré et que les studios allemands, dont beaucoup avaient été bombardés, ont fermé, Magda Schneider s'est retrouvée sans travail. Entre-temps, son mari l'avait quittée pour une autre comédienne, Trude Marlen. Elle a dû élever seule ses deux enfants – Romy avait un frère plus jeune, Wolfi, qu'elle adorait. La production cinématographique allemande est alors arrêtée dans les zones d'occupation occidentales. Les réalisateurs et les comédiens doivent chercher des emplois de remplacement dans les théâtres, à la radio ou devant les troupes alliées. Des starlettes sont embauchées comme ouvreuses ou serveuses dans les zones américaines. Les plus débrouillardes, comme Magda, sont engagées pour des tournées dans les garnisons. Leurs quelques chansons sont payées en nature, en cigarettes ou en conserves. Il arrive à l'ex-Liebelei, qui ne se console pas du départ de son mari, de rentrer à la maison son sac à dos rempli de friandises. « Mammi, tu as du chocolat ? » réclament Rosemarie et Wolfi.

Après s'être engagés dans une politique de dénazification de « l'usine à rêves », les Alliés finissent par accorder des autorisations à des individus qui ont participé au régime précédent. Les films ouest-allemands tournés entre 1946 et 1948 seront tous produits ou réalisés par des collaborateurs de l'ex-

UFA nazie. Les comédiens reprennent aussi peu à peu du service. Mais Magda Schneider devra attendre trois ans pour retrouver les plateaux de cinéma.

Rosemarie Albach, surnommée Romy, est née le 23 septembre 1938 à 21 heures 45 à Vienne, en Autriche. Elle n'y a vécu que ses premières semaines. Elle est élevée dans le chalet familial de Mariengrund, à Berchtesgaden-Schönau. Elle est allemande.

« L'enfance de la petite Romy s'est déroulée en Bavière loin de la guerre », nous disent les récits édifiants.

Berchtesgaden ? A 5 kilomètres du Berghof où se trouvent les villas de Hitler, de Goering, de Martin Bormann et autres dignitaires de la cour du Führer. Le fameux « nid d'aigle » domine de 1 000 mètres le cirque de Berchtesgaden. Le 25 avril 1945, 318 bombardiers Lancaster larguent en une heure et demie 1 232 tonnes de bombes sur l'Obersalzberg. Les SS se chargent de détruire le reste, en particulier les bunkers, creusés à 75 mètres de profondeur et où 2 500 personnes avaient trouvé refuge. Un peu plus tard, un détachement d'infanterie plante le drapeau français sur le « nid d'aigle ».

En avril 1945, Romy a six ans et demi. Cela fait du bruit, 1 232 tonnes de bombes.

Ensuite, les Américains qui occupent la région établiront un poste de commandement dans le chalet fleuri des Schneider. Mariengrund sera réquisitionné. Ils devront se réfugier chez des amis.

10 mars 1938 : les Autrichiens répondent massivement OUI au rattachement de l'Autriche à l'Allemagne. L'Anschluss entre l'Allemagne et l'Autriche est signé trois jours plus tard.

4 juin : Sigmund Freud parvient à quitter in extremis Vienne pour Londres avec sa famille. Il a quatre-vingt-deux ans.

23 septembre : naissance de Rosemarie Albach.

9 au 10 novembre 1938 : Nuit de Cristal. Les synagogues sont incendiées. Des milliers de vitrines sont brisées, les magasins pillés et incendiés. 30 000 juifs sont raflés et déportés.

Trois ans plus tôt, la Sarre a voté à plus de 90 % son retour à l'Allemagne. Mon grand-père Jakob Hanau, Sarrois installé en Rhénanie à Gerolstein, a enfin compris qu'il était temps pour les Juifs de déguerpir. Quelques mois plus tard, en septembre, les lois de Nuremberg, au nom de la « protection du sang et de l'honneur allemands », interdisaient toute union entre Allemands et Juifs, et faisaient de ces derniers non plus des citoyens mais de simples ressortissants. Ils sont privés du droit de vote et de la plupart de leurs droits politiques. Il y a longtemps qu'ils ne peuvent plus être fonctionnaires, ni enseignants, ni exercer la médecine ou une profession juridique. Les universités leur sont interdites. C'est la fin des illusions. Depuis trois ans, le commerce de Jakob, confiserie en gros et alimentation, marche au ralenti. En avril 1933 a été décrété le boycott des magasins et des entreprises juives. DEUTSCHE, KAUFT NICHT BEI JUDEN enjoignent les affiches. Allemands, n'achetez pas chez les Juifs. Mais où acheter ? Souvent Edith, ma mère, se rend chez les clients à la place de mon grand-père pour prendre les commandes. Elle a treize ans. Jakob si fier d'être allemand, lui qui a combattu pour son pays pendant la Grande Guerre, n'est plus que juif. Moins que rien. Pire que rien. La honte se glisse dans sa vie. Puis la peur. L'heure n'est plus aux tergiversations, il faut prendre une décision. Par chance, l'une des grand-mères de Jakob est originaire de Lorraine. Il a lui-même travaillé dans cette région, jeune commis chez un marchand de grains. Il s'y est fait des amis. L'un de ses frères habite là-bas. Les Hanau décident de partir.

Il faut vendre très vite, et quitter Gerolstein sans attendre le versement de l'argent. Cet argent, bloqué en Allemagne, ils ne le récupéreront en totalité qu'après la guerre, malgré les démarches d'Edith qu'on enverra au ministère des Finances rue de Rivoli.

Pour l'instant, ils n'ont rien ou presque. Quelques valises qu'ils traînent avec eux dans le train. Images mille, dix mille, cent mille fois vues, de ces réfugiés sur un quai, dépouillés de tout ce qui faisait leur vie, encore bien heureux de la sauver. Images et souffle haletant de ces trains qui entrent en gare, s'arrêtent puis repartent vers la liberté, ou vers la mort.

Mais les Hanau roulent vers la France avec espoir, même si l'écroulement de leurs certitudes les a rendus prudents. Grâce à leur ascendance française, ils évitent le statut de réfugiés. Ils seront « réintégrés », privilège accordé par le Traité de Versailles aux populations des provinces ballottées entre la France et l'Allemagne. Une chance extraordinaire quand on pense au sort des réfugiés allemands, juifs ou non. La misère, le désespoir des intellectuels antifascistes traités avec suspicion, puis considérés comme des espions ou des hors-la-loi et enfermés dans des camps en France. 37 000 réfugiés allemands en 1933, combien en 1935 ? En 1936, une circulaire interdit l'accès du territoire français à tout ressortissant allemand.

Hannah Arendt, Anna Seghers, Walter Benjamin, Alfred Döblin, Thomas Mann, Joseph Roth, Arthur Koestler, Léon Werth, et tant d'autres, des anonymes, errent de garni en garni, puis bientôt de camp en camp. Les plus chanceux pourront obtenir un visa puis un bateau pour l'Amérique, les plus faibles ou les plus désespérés se suicideront, comme Walter Benjamin.

Chez les miens, pas d'intellectuels. Des petits commerçants d'origine rurale, attachés à leur religion, mais ni fanatiques, ni assimilés, ni sionistes. Le frère de Jakob les accueille et leur prête de l'argent pour monter une nouvelle affaire. *Ein neues Geschäft.*

Quand on peut « monter une nouvelle affaire », c'est que toute espérance n'est pas morte. On ne perd pas de temps à se lamenter, on rebâtit tout de suite. La perte engendre une énergie décuplée. Défi ? Courage ? Inconscience ? On ne regarde pas derrière soi. « Il faut faire avec », commente ma mère. « Avec », c'est-à-dire sans. Il faut un toit pour les enfants, de l'argent pour les élever. Il faut surtout une raison de vivre. Dieu leur a donné celle-ci : reconstruire. On retrousse ses manches, on se met au travail. On s'installe. Ils ne sont pas en transit mais sur une terre d'accueil, à deux pas – cinq kilomètres exactement – de la frontière allemande.

« Après la destruction du temple de Jérusalem par Titus, écrit Freud au moment de quitter Vienne, Rabbi Jochanan ben Sokkaï demanda l'autorisation d'ouvrir une école à Jabneh pour l'étude de la Torah. Nous allons faire la même chose. Nous sommes après tout habitués à être persécutés, par notre histoire, nos traditions, et certains d'entre nous par expérience. »

Freud ouvrira son cabinet londonien. Mes grands-parents, une confiserie en gros. Les débuts sont difficiles. Edith, ma mère, doit abandonner ses études pour apprendre le commerce. Elle entre comme apprentie dans un magasin de tissus. Elle réussit très vite. Bientôt, les clients demandent à être servis par elle. Elle retrouve l'école le soir, chez les Sœurs de la Providence, en compagnie d'une trentaine d'élèves. Des Lorrains pour la plupart, qui ne parlent que l'allemand ou le patois.

Ma mère a quitté à regret Gerolstein, sa ville natale. Depuis avril 1933, les lycées étaient interdits aux enfants juifs. Elle n'a pas eu le droit de suivre ses camarades. Une photo la montre avec sa classe, à l'école. Elle a une douzaine d'années. On la devine au dernier rang, à côté de sa cousine Hilda. Leurs cheveux bruns sont coupés au carré, comme ceux de la petite Lisl Fränkel, au premier rang. Toutes les autres ont des nattes bien serrées. Elles sont trois fillettes juives dans la classe. Le cliché a été pris à la fin de la leçon de catéchisme. Un aumônier en soutane, cheveux ras et allure martiale, en témoigne. On a appelé les élèves juives pour qu'elles y figurent, la petite devant et les deux plus grandes derrière. Elles font encore partie de la classe.

Interdite de lycée, Edith prend des leçons de violon avec un client de mon grand-père en échange de l'argent qu'il lui doit, et des cours particuliers de français chez un professeur de lycée, Herr Retz. Il appartient aux SA et les accueille, sa cousine Hilda et elle, avec le salut nazi. Elles se gardent bien de raconter ce détail à leurs parents, ils leur interdiraient de continuer. Hilda et Edith trouvent cela très amusant. Le Herr Professor les salue par un *Heil Hitler*, et elles répondent poliment en français « Bonjour monsieur » comme il leur a appris à le faire. Il sait qu'elles sont juives ?

— Bien sûr. Tout le monde savait. Nous étions connus. Ton grand-père était quelqu'un dans la communauté.

(Etre quelqu'un. Le contraire de personne.)

Un an plus tard, la Nuit des Longs couteaux voyait l'exécution des chefs SA dont les exactions brutales commençaient à écorner la réputation de l'Allemagne à l'étranger. Ce Herr Retz dont ma mère n'a jamais oublié le nom avait, malgré son uniforme brun, donné le plus précieux des *Ausweis* à cette fille de treize ans : la langue française qui l'a sauvée pendant l'Occupation.

Elle n'en a pas pour autant oublié l'allemand. Mes grands-parents ont vécu presque un demi-siècle en France mais en parlaient à peine la langue. Allemand, sarrois, patois lorrain, quelques mots de français, deux ou trois expressions en yiddish composaient une mixture épaisse qu'enfant, j'avais du mal à identifier. Je parlais un mélange d'allemand et de français avec eux. Le souvenir de mon premier jour d'école reste cuisant. Après trois mois de vacances chez eux, j'ai répondu *Nein* à la maîtresse de mon école parisienne. J'entends encore les rires.

Une fois en France, mon grand-père a changé son prénom de Jakob pour Jacques. Quant au nom de Hanau, il évoque celui de la célèbre banquière, Marthe Hanau, interprétée plus tard par Romy Schneider. Le nom d'une région, un morceau d'Allemagne en guise d'identité. Ma grand-mère s'appelait Rosa Kahn. Elle ressemblait à Marguerite Yourcenar. Je ne me rappelle pas l'avoir vue sourire ou se mettre en colère. Rien ne pouvait plus ébranler son pessimisme ni sa tristesse. « Mais *Ja…* », soupirait-elle en hochant la tête.

En 1935 – ou 1936 ? – c'est elle qui malgré l'urgence organisa soigneusement le départ d'Allemagne. Les meubles furent acheminés par la route. Il en reste un buffet en bois noir, que ma mère récupéra de force après la guerre chez des voisins qui « l'avaient mis à l'abri ». C'est le seul meuble auquel je tiens, les tiroirs grincent un peu et il n'y a plus qu'une seule clef pour toutes les serrures. Mais ces serrures ouvrent pour moi le passé.

Souvent absente, Magda Schneider confie Romy à ses parents, le plombier et sa femme ; puis la petite fille est envoyée au pensionnat.

Romy a donc très peu connu son père. Elle avait sept ans quand il a quitté sa mère. Elle ne le revit que de loin en loin, toujours avec espoir. Le miracle ne se produisit jamais. Charmeur et léger, Wolf Albach-Retty fut voué aux rôles de jeunes premiers, puis de barons viennois. Cet homme-enfant n'a sans doute jamais compris ce que sa fille attendait de lui. Ou n'a pas voulu comprendre. Mais il lui a laissé assez de souvenirs pour que toute sa vie elle en ait la nostalgie.

Il l'emmène chasser avec lui dans la montagne ou, encore bébé, à bicyclette dans son sac à dos. Ils filent sur le chemin qui suit la rivière. La petite fille est maintenant installée dans un siège sur le porte-bagages, elle s'accroche à sa taille, ses bras n'en font pas le tour. Pappi chante à tue-tête. Elle est si fière. Nous sommes en 1942, en Bavière, à Berchtesgaden. Romy en liberté avec son jeune père, dans l'éclat de l'été. Fillette blonde et bouclée, ses yeux se plissent quand elle rit aux éclats. Elle porte un *dirndl*, comme toutes les Bavaroises. Au Tyrol, mes camarades étaient ainsi vêtues le dimanche : corsage froncé à manches ballon, robe chasuble serrée à la taille, boutonnée sur la poitrine, et tablier de soie attaché par un nœud dans le dos. Wolf, dans sa vieille culotte de peau, s'enfonce sous les sapins avec sa petite fille de quatre ans. Il lui montre le chamois sur la montagne, ils suivent des yeux le vol de l'aigle. Il lui apprend aussi des gros mots, il lui apprend à désobéir, à faire ce que Mammi interdit. Romy rit à gorge déployée comme elle fera si joliment toute sa vie. Elle le croit protecteur, il n'est qu'attendri. Puis il disparaît durant des mois. Revient. Et un jour elle ne le voit plus. Elle l'attend, elle ne comprend pas.

Il ne l'aime plus ? Qu'a-t-elle fait de mal ?

Chaque famille a ses mythes. Quel fut celui de Romy Schneider ? Peut-être la période dorée du couple d'acteurs de ses parents. Il en restera quelque chose dans celui qu'elle formera avec Alain Delon et dans ses amours éphémères avec ses compagnons de tournage. La rencontre des parents est *terra incognita* pour les enfants, l'objet d'un récit dont s'empare l'imaginaire. Les miens se sont rencontrés après la guerre, dans les salons d'un grand hôtel parisien, le George-V.

— Si vous dansez mal, je vous abandonne au milieu de la piste ! a prévenu ma mère.

Mon père lui a proposé une demi-danse à l'essai. Ils ont dansé toute la nuit. Sa dernière photo, juste avant sa mort à quatre-vingt-quatre ans, le montre l'enlaçant pour un paso doble. Il sourit malicieusement. Alors ? Il ne dansait pas si mal… Mariages, anniversaires, soirées, réveillons, croisières, dîners familiaux ou tête-à-tête, concours de tango, même : ils n'ont jamais cessé de danser.

A quatre-vingt-six ans, ma mère marche difficilement, mais elle lâche sa canne avec empressement pour danser la valse ou la rumba avec l'animateur de sa maison de retraite. Elle rayonne alors de plaisir.

Avant mon père, Edith avait déjà beaucoup valsé. Pendant la guerre, à Chauvigny, dans la Vienne où elle était réfugiée avec sa famille. Des photos la montrent, robe à fleurs et socquettes blanches, jolie malgré la coiffure à coque à la mode. Elle pose en maillot de bain près de la rivière avec sa bande de copains. La voici faisant la roue, ou couronnant une pyramide de jeunes athlètes musclés. Ils campent, filles et garçons s'amusent à échanger leurs vêtements. En short, un chapeau d'homme sur la tête, une moustache au charbon sous le nez, elle enlace un garçon blond en robe légère. La guerre ? Les arrestations ? Pour l'instant, on n'en parle pas. Elle a vingt ans, ses amis aussi. Ils jouent au football, elle voudrait bien aussi. Elle est gaie, elle flirte, elle apprend à nager.

— J'étais la seule fille à traverser la Vienne à la nage ! précise-t-elle fièrement.

Dès septembre 1939, les habitants de la Moselle ont été évacués vers le Poitou. 200 000 Lorrains, environ, dont 4 000 Juifs. Le 22 juin 1940, les troupes allemandes pénètrent dans Poitiers. La ligne de démarcation traverse la Vienne et la Charente. Poitiers et Angoulême sont en zone occupée, où se trouvent piégés la majorité des Juifs mosellans. Les rafles commencent en juillet 41. Un camp est installé route de Limoges. 1 600 Juifs seront transférés à Drancy et déportés.

A Chauvigny, quand une descente des Allemands ou de la milice vichyste s'annonce, les réfugiés juifs sont prévenus par le maire, Jacques Toulat, qui sera, avec deux gendarmes, Alphée Bonnaud et Camille Thibault, inscrit parmi les « Justes ». Les Hanau, hébergés chez un photographe, se replient à la campagne. Des paysans les cachent à Pouzioux, au péril de leur vie. Le secrétaire de mairie leur a fourni des faux papiers. Edith Hanau s'appelle désormais Germaine Blanchard, née à Paris dans le XVIIIe arrondissement, cheveux châtains, yeux verts, nez droit.

— Tu n'as jamais eu peur ?

— Non, jamais. Pourquoi aurais-je eu peur ? J'avais mes faux papiers. Ah ! si, une fois. On m'avait donné des moutons à garder dans une ferme où j'étais allée me réfugier. J'ai horreur des moutons. Il s'en sauve un, ils le suivent tous. C'est bête les moutons. Je les ai cherchés partout. Je les appelais. Rien. Je ne savais pas leur nom, bien sûr. En avaient-ils seulement ? Quand je suis rentrée à la ferme, toute penaude, je les avais tous perdus. Les paysans se sont moqués de moi. « Hé ! la drôlière ! Qu'est-ce t'as fait des moutons ? » Je ne savais pas quoi répondre. En fait, ils étaient tous rentrés une demi-heure avant moi. Oui, cette fois-là, j'ai vraiment eu peur. Pendant des années, même à l'époque des restrictions, je n'ai plus mangé de mouton. C'est trop bête, les moutons.

J'ai compris. Elle ne fait pas partie de la race des moutons.

Elle a appris à taper à la machine à écrire avec Pierre, un professeur de piano aveugle. Elle est responsable du service de facturation d'une usine de farine. Un jour, en sortant du bureau avec le comptable, un ancien prisonnier évadé, elle tombe sur une dizaine de SS avec leurs mitrailleuses. Le comptable lui fait signe de rentrer et la tire par le bras. Elle refuse. Elle ne craint rien, elle s'appelle Germaine Blanchard, ses faux papiers sont en règle. Le seul risque serait que quelqu'un dans la rue la hèle par son vrai nom. Hé, Mademoiselle Hanau…

Mais la rue est déserte, il est six heures du soir et quand les SS arpentent les trottoirs, chacun rentre chez soi. Elle passe devant eux, la tête haute. Germaine Blanchard ne sera pas inquiétée.

Une autre fois, elle pousse le culot jusqu'à servir d'interprète au photographe chez qui les Allemands sont entrés. Pour la remercier, il lui offre une aigue-marine que je porte encore à mon doigt.

Ce n'est pas de l'héroïsme. Ma mère n'a rien à démontrer, sinon qu'elle ne cédera pas. Elle n'est pas un mouton.

Berchtesgaden, au sud-est de la Bavière, se trouve à quelques kilomètres de la frontière autrichienne. Pendant une dizaine d'années, nous avons passé nos vacances au Tyrol. Nous traversions l'Allemagne, puis la frontière à Mittenwald. J'avais onze ans. Toute cette région me semblait très étrange. Les maisons semblaient la réplique de ces baromètres en forme de chalets suisses, les habitants portaient des costumes folkloriques, et on y croisait des êtres hors du temps à la longue chevelure et au visage de Christ, qui, à date fixe, jouaient les mystères de la Passion. Ma sœur et moi attendions Oberammergau avec une excitation mêlée de crainte.

A onze ans, Romy est entrée comme pensionnaire dans un internat religieux près de Salzbourg, la pension Goldenstein. Les religieuses la jugent indisciplinée, révoltée et peu concentrée. On l'accuse aussi d'être menteuse. Le masque de l'actrice, déjà ? Elle fabule, s'invente d'autres vies. L'ensemble donne une impression d'instabilité. La fillette est abandonnée de ses parents : en cinq ans, sa mère ne vient la voir que trois ou quatre fois, dont l'une sur convocation.

Quant à son père et sa grand-mère viennoise si aimée, ils ne lui rendront jamais visite. Son éducation est laissée aux mains des religieuses. Elles comprennent sa détresse mais aussi son besoin de limites. « Elle était parfois très joyeuse, parfois très mélancolique, dépressive même », se souvient sœur Bernadette. Elève moyenne sauf dans les disciplines artistiques et en anglais, Romy est une enfant sensible dont la forte personnalité se rebelle face aux règles strictes qu'on lui impose. Un immense besoin d'amour et de reconnaissance que rien ne peut combler. Elle ne changera pas, comme si les traits de sa personnalité étaient déjà fixés.

Sa mère publiera le journal intime de jeunesse de Romy, adressé à une amie fictive, Peggy, procédé courant chez les très jeunes filles en mal d'âme sœur. Pour Anne Frank, ce sera Kitty. Selon la journaliste Alice Schwarzer, ces documents ont été volés puis vendus à des éditeurs ou à des journaux. Tout ce qui appartenait en propre à Romy Schneider a été pillé : papiers personnels, documents, correspondance. En 1988, on vendra encore ses vêtements aux enchères, à Salzbourg. Un livre rassemble des extraits de son journal intime, joints à d'autres textes et à des interviews. La plupart des témoignages sur cette période proviennent d'une série d'articles écrits par Magda. Sous la volonté de donner une image positive perce la perplexité d'une mère autoritaire aux prises avec une enfant insoumise. Elle ne la comprend pas. Des jugements sévères : turbulente, agitée, égoïste, insolente, d'humeur inégale, surnagent dans un sirop écœurant. « Je ne sais plus quoi faire de votre fille, me dit un jour la Mère supérieure. » Voilà au moins qui sonne juste. De onze à quinze ans, Romy se fait difficilement. Elle sèche des cours, dissimule, provoque, invente. Un livre interdit lui fait frôler l'exclusion. Mais les religieuses qui l'élèvent insistent sur son bon cœur. A chaque incartade, elle promet de s'amender. Il restera chez elle quelque chose de cette foi naïve dans les bonnes résolutions.

Son indiscipline est aussi le moyen qu'on s'intéresse à elle, une façon désespérée d'obtenir l'attention des autres. Sa mère est un personnage lointain, auquel elle doit écrire toutes les semaines. Cette obligation en fait une corvée qu'elle évite. Deux fois par mois, la petite pensionnaire se rend à Salzbourg chez une tante et un oncle garagiste. Ils lui envoient des colis et lui donnent un peu d'affection.

La pension impose à la fois la présence des autres et une solitude profonde. « Nous avons six dortoirs. Nous ne pouvons pas choisir les filles avec lesquelles nous partagerons la chambre », écrit Romy dans son journal. Un château du XIIIe siècle austère et peu confortable, quarante filles et quarante religieuses pour les surveiller. Aucune liberté. Même le courrier est contrôlé. Des prières interminables. Dans cet univers sans hommes, les femmes incarnent l'autorité mais aussi la seule source de tendresse. A quatorze ans, l'admiration se transforme facilement en flamme : une sœur Augustina « aux mains de madone » cristallise les sentiments de Romy, d'autant qu'elle encourage ses débuts sur scène. Romy s'en souviendra quand elle interprétera quelques années plus tard le rôle d'une jeune pensionnaire éprise de son professeur. *Jeunes filles en uniforme,* remake d'un film de 1931, fera scandale à cause d'une scène qui la montre posant ses lèvres sur celles de son institutrice, Mlle de Bernburg, jouée par l'actrice Lili Palmer.

J'ai peut-être une vision trop noire de la pension ? Je n'ai qu'une seule expérience de l'enfermement et elle est sinistre. Je ne parviens pas à la situer dans le temps. Cinq ans ? Je ne savais encore ni lire ni écrire. A la suite d'une primo-infection, le médecin avait conseillé un home d'enfants, une sorte de sanatorium à la montagne, Les Petits Lits Roses. D'un coup, j'ai découvert l'exil et la collectivité. J'étais une enfant solitaire qui n'aimait ni manger ni dormir ni jouer avec les autres. Il m'a fallu faire la sieste tous les jours, danser la ronde en chantant « J'aime la galette » et avaler cuillerée après cuillerée une soupe épaisse, servie dans des assiettes transparentes, ce qui la rendait encore plus répugnante. Avant de se coucher, le soir, on s'agenouillait au pied du lit pour réciter le « Je vous salue Marie ».

C'était une jolie poésie et je l'ai vite apprise. Ma récompense quand j'avais réussi à ingurgiter ma soupe était de la réciter pour tout le dortoir. J'aimais aussi le signe de croix, qu'il fallait faire très vite sans se tromper de sens en disant aunomdupèredufilset-dusaintesprit. La sieste était interminable ; j'attendais qu'on nous autorise à nous lever en suçotant un coin de mon mouchoir. J'apprenais à obéir, j'apprenais à faire semblant. Le temps ne se mesurait pas, les jours défilaient sans qu'il avance, un seul jour interminable, le lever, la toilette, la bouillie au chocolat dans un bol en verre, les jeux, les rondes (j'aime la galette),

48

le déjeuner, la sieste, les chaussures rangées dans les casiers, on les enfile pour sortir, allez on se dépêche, les activités de plein air, le goûter, pain et confiture d'abricots, les travaux manuels, le dessin, puis le dîner, la soupe dans l'assiette creuse, les grandes tablées et personne pour me raconter une histoire. La prière puis extinction des feux, il faut dormir. Je n'ai pas faim. Et pas sommeil. Jamais. Même quand je dors, je n'ai pas sommeil. Je reste les yeux ouverts dans le noir et le matin, j'entends les oiseaux chanter, j'attends qu'on vienne nous réveiller et ça recommence, et ça recommence et ça recommence. Mes parents m'écrivent, ou plutôt mon père m'écrit, ma mère se contente d'un ou deux mots comme elle fera toujours et signe : « Edith ». Ils sont loin. Je pense à eux et en même temps, je les oublie. Ils sont si loin. Où ?

Un jour, on me corrige sous la douche au martinet, un fouet réservé aux enfants et aux chiens, parce que j'ai blessé un petit garçon en jetant mon assiette de soupe. Il ne faut jamais faire ça. Je fais une fugue, on me rattrape, on me punit encore.

Sur la photo qui me reste de cette époque, je parais domptée. En jupe plissée grise à bretelles et corsage blanc, les cheveux coupés court, les mains croisées derrière le dos, je souris timidement. Mon séjour n'a duré que deux ou trois mois. Je me demande ce que je serais devenue si j'étais restée plusieurs années. J'éprouve toujours de la tristesse pour ceux qui ont subi malgré eux la pension. Quelque chose doit être à jamais brisé. La confiance peut-être.

A peine sortie du château-prison de l'enfance, Romy se trouve propulsée dans la carrière d'actrice. Elle ne bénéficiera pas de cette étape de l'adolescence où l'on tâtonne, où l'on a droit à la paresse, à l'insouciance, à l'irresponsabilité, à l'interdit. Cette fille de quinze ans toute joyeuse de quitter la pension avec son brevet pour seul diplôme ne sait pas encore qu'elle va basculer d'un coup dans la vie adulte.

« Un film en couleurs pour ceux qui sont heureux de vivre », annonce la publicité du quatrième film de Romy Schneider, *Mam'zelle Cricri* (*Die Deutschmeister*, les maîtres allemands, nom d'un régiment autrichien). Il est tourné par Ernst Marischka, le futur metteur en scène de *Sissi* dont le contrat est déjà signé. Romy est fière de figurer dans cette nouvelle version d'un film où son père a triomphé avant-guerre. Dans cette viennoiserie, la jeune fille interprète la nièce d'une boulangère, à Vienne. Le ressort de l'intrigue repose sur une histoire de petits pains. Dans ce film qui servit sans doute au réalisateur d'essai pour le tournage qu'il prévoyait ensuite, Romy est époustouflante de naturel. Le metteur en scène l'a écoutée et regardée vivre, il a su utiliser sa fraîcheur, sa spontanéité, son espièglerie. Le personnage de la tante, joué par Magda Schneider, est lui aussi influencé par le regard de Marischka : autoritaire et ambitieuse, cette veuve accorte qui *met la main à la pâte* est courageuse mais ne réussit que grâce à sa nièce... Le film restitue les fastes et les clichés de la Vienne d'antan, l'empereur François-Joseph vieillissant, le Prater, le Palais impérial...

Le *dirndl* que porte la jeune paysanne interprétée par Romy, les danses tyroliennes, les chalets montagnards : tout ce folklore composait aussi le décor de nos vacances. Oserai-je avouer que j'ai connu récemment l'une de mes émotions les plus fortes chez Demel, la célèbre pâtisserie viennoise dont s'inspire le film ? A peine avais-je porté un morceau d'*Apfelstrudel* à ma bouche que j'ai fondu en larmes... Ce goût de pommes, de cannelle, d'amandes venait tout droit de mon enfance. Certains pleurent comme une madeleine, moi, comme un strudel.

Pourquoi mes parents choisissaient-ils de passer un mois de vacances au Tyrol dès les années 50 ? Nous étions les seuls Français, les autres touristes étaient tous allemands. Au Fritznerhof, on retrouvait d'année en année les mêmes connaissances, tel ce vieil industriel nommé Herr Goebbels, résidant au Mexique. Il roulait en Mercedes et baisait la main des dames. Ma mère ne soufflait mot de ses propres origines. Lorsqu'on admirait son accent impeccable, elle souriait avec modestie. Le passé n'existait pas. Mon père se gardait bien de signaler qu'il avait passé des années dans un camp de prisonniers près de Linz, à la frontière de la Tchécoslovaquie. Les hivers y étaient redoutables. Durant cinq ans, il avait eu faim.

Au Tyrol, les soirées étaient très gaies. On buvait du vin blanc, on chantait, on dansait. Les danseurs s'inclinaient devant les maris pour inviter les dames. Je me souviens d'un bûcheron nommé Beppi qui jouait de la guitare et serrait ma mère de près en valsant. La soirée s'achevait par des chansons senti-mentales que tous reprenaient en chœur. Je m'endormais sur ma chaise.

Romy ouvrit de grands yeux en découvrant Berlin quand sa mère la fit venir de Salzbourg à sa sortie de pension. L'idée était de lui faire jouer la fille de Magda dans un film que l'actrice s'apprêtait à tourner, *Lilas blancs (Wenn der weisse Flieder wieder blüht)*. Le bout d'essai est concluant. Magda Schneider a découvert l'emploi qui va relancer sa carrière : mère de sa fille. Pendant des années, les contrats stipuleront qu'elle doit être engagée avec Romy. Dès les premiers rushes il est clair que le vilain petit canard est une poule aux œufs d'or. Cette enfant qu'elle découvre à sa sortie de pension, elle va la couver. Et la couver si bien qu'elle l'étouffera.

Dès le deuxième film de Romy, *Feu d'artifice (Feuerwerk)*, elle lui impose de choisir pour nom de scène Schneider. Quand la jeune fille voudra reprendre le sien, Albach – celui de son père –, on l'en empêchera : elle sera déjà trop célèbre. La célébrité comme perte d'identité ? La filiation noble se trouve du côté paternel. Romy Schneider rêvera toute sa vie d'être considérée comme une véritable comédienne dont l'épiphanie ne peut se produire qu'au théâtre. Modèle : le Burgtheater de Vienne, l'équivalent de notre Comédie-Française, dont sa grand-mère, Rosa Retty, fut l'un des fleurons et son père, Wolf, le plus jeune résident. Lorsque Romy voyagera incognito, elle signera Retty sur les registres d'hôtel. Quant au Burgtheater, on y jouera sous les huées en novembre 1988 *Heldenplatz*, la pièce de Thomas Bernhard qui dénonce l'antisémitisme des Autrichiens, cinquante ans après le grand rassemblement hitlérien de l'Anschluss. Une clause stipulera que le contenu de la pièce ne doit être dévoilé qu'au moment de la représentation. Thomas Bernhard mourra trois mois plus tard, interdisant toute mise en scène de ses pièces dans son pays natal.

Magda Schneider passe donc de l'indifférence la plus totale à la possessivité la plus autoritaire. Comment sa fille ne serait-elle pas déchirée ? Gratitude de la présence maternelle, ce miracle d'autant plus pathétique qu'elle a cru ne pas exister à ses yeux, amour et ressentiment, piètre estime de soi, reconnaissance et tentative de rébellion : la chaîne qui lie Romy à sa mère est bien soudée.

Magda veille aussi sur les intérêts de sa fille qui se confondent avec les siens. Elle n'est pas un cas unique. Le cinéma allemand d'après-guerre recycle ses stars au passé douteux et les blanchit grâce à leurs enfants. Toute une génération bénéficie ainsi de ces comédies familiales qui émeuvent le public. La célébrité profite aussi bien à la mère qu'à la fille. Wolf, le père volage, est gommé, hors circuit. Magda a trouvé un renfort de choix en la personne de son second mari, Hans Herbert Blatzheim, un hôtelier, ancien employé de banque de Cologne qui a le sens des investissements. Ils se connaissent depuis 1934, il a été selon Magda « un rocher dans la tempête » dans les moments difficiles. Ils se marient en décembre 1953, juste après le tournage du premier film de Romy. Lui aussi pourra veiller sur ses intérêts.

La jeune fille doit l'appeler Daddy.

Peut-être ne faut-il pas se laisser influencer par la mauvaise réputation de ce couple. Ne pas en faire des Thénardier. Mais savoir – Romy le dira elle-même – qu'ils l'ont exploitée. Les interdictions pleuvent, elle ne peut faire un pas toute seule ni prendre la moindre décision. Magda Schneider s'en défend déjà dans son premier texte : « Elle a horreur des contraintes, des conseils et des interventions dans ses affaires. J'aimerais voir sa réaction si je tentais de lui donner des ordres ou de l'enchaîner », confie-t-elle.

Romy ne devra sa liberté future qu'à son caractère rebelle. Mais un bout de laisse pendra toujours à son cou.

Maintenant imaginons la situation : la fillette mal habillée qui sort de sa pension salzbourgeoise ; sa joie à l'idée de retrouver sa mère, cette créature brillante, admirée sur les écrans de cinéma ; la découverte de Berlin, des studios de Tempelhof où son père a lui aussi tourné son premier film ; ses premiers pas sous le regard des caméras. Sa mère la guide dans un monde nouveau, protectrice toute-puissante dont l'expérience est un garde-fou. Romy entre avec émerveillement dans le conte de fées.

Histoire de l'ascension d'une très jeune fille.

Tout la captive, l'étonne.

Tout d'un coup, elle n'est plus la mauvaise élève mais une comédienne exceptionnellement douée, ravissante, etc. Les critiques dithyrambiques remplacent les bulletins de notes. La pensionnaire est devenue une petite princesse.

Elle tourne film sur film. Elle vaut de l'argent. De plus en plus d'argent.

Berlin 1953. Les troupes d'occupation françaises et britanniques ont quitté la ville. Les Américains et les Soviétiques se partagent le territoire. Le Mur n'est pas encore construit et de la porte de Brandebourg, surveillée par les vopos, on aperçoit Unter den Linden, l'avenue jadis la plus prestigieuse de Berlin. Le Kurfürstendamm témoigne de la grandeur passée mais Berlin est une ville sinistrée, le symbole honteux de la défaite allemande.

J'ai du mal à me l'imaginer en cet été 53. Trop de représentations se superposent, à commencer par les images nées des récits de ma mère.

1945. Malgré l'accent allemand qui les met en danger, les Hanau ont échappé aux arrestations. Il n'en a pas été de même pour tous, mais on n'en parle toujours pas. Ils rentrent en Lorraine et retrouvent leur maison, pillée. Au lieu de suivre ses parents, ma mère passe à Paris un examen d'interprète. Elle est ensuite convoquée au ministère de la Guerre, puis à l'hôtel Continental. Après un nouvel examen (« Réciter le *Erlkönig*, tu penses, je le connais par cœur ! »), on l'engage pour une mission de liaison entre étudiants allemands et français. A ses parents elle fait croire à un stage, et rejoint l'armée française avec le grade de sous-lieutenant stagiaire. Première étape, Baden-Baden. Des photos la montrent en uniforme de sous-officier, brune éclatante à la Joan Crawford.

Elle va traverser l'Allemagne détruite jusqu'à Berlin. Cette fille juive de vingt-cinq ans, que va-t-elle chercher en Allemagne ? Elle revient en vainqueur, avec l'armée des gagnants. Sans doute a-t-elle d'abord saisi l'occasion de quitter ses parents et de ne pas rentrer en Lorraine. Sans doute. Elle a dû peu délibérer. Elle agit d'instinct. Mais elle ne part pas n'importe où. Quand je lui pose et repose la question : « Mais qu'allais-tu faire là-bas ? » elle finit par me répondre :

— Leur montrer qu'ils ne nous avaient pas eus. J'étais toujours vivante.

La revanche. Et la voici triomphante sur son char de gloire. Elle est parmi les premières Françaises à entrer en Allemagne. A Baden-Baden où l'on reste un mois, elle dort à l'hôtel Brenner où avaient séjourné Goebbels et Goering. Ils ne sont plus là ; elle, si. Une jouissance. Puis la Forêt-Noire, puis la traversée du pays : Karlsruhe, Mannheim et enfin Berlin, au mois d'août 45. Le sol est troué, déchiré par les bombes, les routes défoncées, la ville de Mannheim rasée. Entre-temps, la mission pour laquelle elle a été engagée a fait long feu, on l'affecte à la division des Personnes déplacées, 96 Kurfürstendamm. Elle loge dans le secteur français, à Frohnau, au nord-ouest de Berlin.

Eprouve-t-elle de la haine pour les Allemands ?
Elle élude.

« J'étais heureuse de constater leur défaite. Ils
n'avaient plus rien. Même les femmes devaient porter
des briques pour reconstruire. Ça me faisait plaisir.
Eux si arrogants… Mon ami Jean Arnault, à Chauvigny, avait été déporté parce qu'il était résistant. Je
m'étais dit – elle tape sur la table : Eh bien, j'irai leur
montrer de quoi on est capables. »

Elle est partie en se jurant : « Je nous vengerai, je
ferai tout ce que je peux pour nous venger. » Qui,
« nous » ? les Français ? les Juifs ? Mais quand elle
voit les enfants lui courir après en criant : *Brot, Brot
bitte,* elle leur donne son pain. « Eux n'y étaient pour
rien… »

Deux ans durant, ma mère a savouré son triomphe.
Le récit de ses années berlinoises est ponctué de
soirées en robe longue, tulle rose ou drapé ciel, de
concerts dont le point d'orgue est la *Neuvième* de
Beethoven dirigée par Furtwängler pour la réouver-
ture de l'Opéra de Berlin, de péripéties dans lesquelles
sa gaieté et sa conscience professionnelle font mer-
veille. Elle a pour amis Claire, la fille de François
Mauriac, infirmière à la Croix-Rouge, et son futur
mari le prince Wiazemski. Ce sont ses débuts à elle
sur la scène du monde, une opérette sur fond d'après-
guerre, comme dans ces films américains où l'on voit
de beaux lieutenants courtiser des jeunes filles avant
de reprendre le chemin de l'Iowa. Même effet tech-
nicolor, même estompe des réalités gênantes.

— Mais… votre travail consistait en quoi, exactement ?

— On accueillait les personnes déplacées. On allait en zone russe. Parfois je ramenais des enfants en avion à Paris.

Les déportés ?

— Ils avaient la gale. On était obligés de les désinfecter.

Rien de plus.

Elle n'a pas vu ? pas compris ? ou elle ne veut pas dire ? Le refoulement est-il parfois, comme le pense Ruth Klüger, le premier pas vers le dépassement ? « Ce qu'on ne perçoit ni n'assimile, on ne l'a effectivement jamais vu », écrit cette Juive autrichienne, emprisonnée à Theresienstadt et parvenue à s'échapper d'Auschwitz.

Personnes déplacées ? Par qui ? Pendant des années, je ne comprends pas. Je n'entends cette expression que dans la bouche de ma mère. Je crois à une traduction littérale ou à une erreur de sa part. Qu'est-ce qui est « déplacé » dans cette histoire ? La première fois que j'ai vu des images de Berlin en 1945 – il n'y a pas si longtemps – j'ai eu un choc. Des monceaux de ruines. Une ville d'après tremblement de terre. Le film avait été tourné par l'armée américaine. La couleur faisait franchir des années à ces documents : ce n'était plus de l'Histoire mais du passé immédiat. Aujourd'hui encore, je peine à faire coïncider le Berlin de ma mère et celui de ces documentaires. Ils existent séparément comme deux réalités inconciliables. L'une devrait pourtant servir de décor à l'autre. Mais elles n'appartiennent pas à la même production.

Entre 1943 et 1945, environ 500 000 tonnes de bombes ont été larguées sur Berlin. Les sirènes hurlent, les bombes incendiaires déclenchent des tempêtes de feu, même l'eau paraît brûler. Comme à Cologne, Munich, Hambourg, comme à Dresde en février. Plus d'un million de personnes ont été évacuées de Berlin, des dizaines de milliers sont mortes. Le général Eisenhower laisse à l'Armée Rouge le soin de la bataille finale, l'une des plus meurtrières. Le 21 avril 1945, les premières unités soviétiques entrent à Berlin. Le Reichstag est détruit, sur sa carcasse flotte le drapeau rouge. Le même jour, Hitler se suicide dans son bunker de la Chancellerie. Le 2 mai les troupes allemandes se rendent. Le 9 (et non le 8, date officielle) la paix est signée.

On évacuera des dizaines de millions de mètres cubes de débris. Un tiers des habitations sont détruites. Dans certains quartiers comme le Mitte où se trouvaient les bâtiments officiels, le pourcentage s'élève à 60 %. Berlin, la « ville rouge » où même en 1933 le parti national-socialiste avait recueilli moins de voix que la gauche, Berlin, symbole de la puissance nazie mais aussi centre de la résistance allemande et seule ville où autant de Juifs survécurent grâce à des non-Juifs (mille quatre cents sur les cinq mille qui vivaient dans la clandestinité), Berlin est devenue la « seconde Carthage », comme le constate Harry Hopkins, conseiller du Président des USA, en survolant les kilomètres et les kilomètres de ruines.

Ma mère ne ment pas. Elle ne se trompe pas. Simplement, sa mémoire n'a gardé de cette période que son intense bonheur de vivre. Il a tout éclaboussé. Elle était vivante. Jeune et libre. « C'est la plus belle période de ma vie. » Sa peur durant les dix années précédentes devait avoir été si profonde, quoi qu'elle en dise, sa vie lui avait si peu appartenu, qu'elle avait vécu les années berlinoises comme une vibration de tout son être. Tout y participait : les armées de quatre puissances, les blessures de l'ancienne capitale du Reich, l'humiliation de ses habitants, sa propre liberté. Une scénographie à sa mesure. Elle dansait sur les décombres.

Mon père, lui, rentra à pied de son camp de prisonniers à la frontière tchèque. Sa traversée de l'Allemagne fut plus lente et moins glorieuse.

« Tu vas faire rêver toutes les jeunes filles d'Europe ! » promet Ernst Marischka à Romy. En incarnant Sissi un siècle après son accession au trône, Romy Schneider endosse un costume dont elle mettra des années à se dépouiller. Si ce personnage lui a ainsi collé à la peau, c'est parce que les points communs entre la fille de dix-sept ans et la jeune Bavaroise appelée sur le trône autrichien n'ont pas échappé au réalisateur. Les coïncidences sont légion. Déjà, pour son film précédent, sorte de répétition générale dans laquelle elle joue la future impératrice Victoria (*Les Jeunes Années d'une reine*), le réalisateur l'a préférée à Sonja Ziemann, initialement prévue pour le rôle, exactement comme Elisabeth de Wittelsbach a pris la place de sa sœur Hélène qui devait épouser François-Joseph. Comme Romy, l'héroïne parcourt les forêts de Bavière en compagnie de son père et découvre la nature et les animaux à ses côtés. Comme Romy, elle est sous la coupe d'une femme autoritaire, l'archiduchesse Sophie. Face au père infantile, Magda Schneider incarne une fois de plus une mère opportuniste. Les ressemblances auraient pu passer inaperçues mais elles donnent au personnage sa vraisemblance. Et surtout, Marischka a saisi le mélange d'innocence et de détermination de l'adolescente, sa grâce, son besoin instinctif de liberté, son narcissisme impatient.

Pourtant, Romy ne s'identifie pas à son personnage. Elle a passé l'âge de jouer à la princesse. Si la somptueuse robe de mariée dans la scène finale l'enthousiasme, elle supporte mal le poids de la perruque de six kilos, et les attentes interminables dues au mauvais temps. Elle est impressionnée par les sommes d'argent investies, les milliers de figurants massés le long du Danube, et note avec effarement qu'elle est assurée pour un million de marks. Ce détail lui permet de soupçonner l'ampleur de l'enjeu.

En cet automne 1955, les troupes d'occupation viennent de quitter Vienne. « La ville a bien changé, note Romy, on sent qu'elle reprend conscience d'être la capitale de l'Autriche. Le Burgtheater rouvre ses portes, le Staatoper aussi. » C'est dans ce contexte qu'il faut inscrire le film. Dans l'Europe déstabilisée de l'après-guerre, crinolines et valses de Vienne tournoient comme un rappel nostalgique de la puissance de l'Empire austro-hongrois, réconciliant l'Autriche et les Allemands avec leur propre histoire.

Sissi aime la vie simple, la nature. Elle est adorée de son peuple. La complexité de l'impératrice Elisabeth d'Autriche, dépressive et anorexique, est effacée au profit de l'histoire sentimentale. Toutes les valeurs germaniques s'y retrouvent mais édulcorées, passées au tamis des bons sentiments. Incarnation radieuse d'une héroïne éprise de pureté, la geste de Sissi gomme les années de privation et d'humiliation. Ni les deux guerres, ni les persécutions, ni l'hystérie collective, ni la défaite n'ont jamais existé. La grande roue du Prater peut tourner. Celle de l'Histoire s'est arrêtée.

Le film est un succès mondial. Il dépasse *Autant en emporte le vent*. Romy Schneider aime le succès. Elle est ambitieuse, comme sa mère. D'emblée, la barre est placée très haut, source d'angoisse. On ne parle plus que d'argent autour d'elle. Elle sent le piège, on vend des boîtes d'allumettes à son effigie, on la traîne de galas de bienfaisance en soirées, robe longue et étole de vison comme Mammi. Les foules s'agglutinent, l'acclament. Elle salue de sa main gantée. La voici promue symbole des valeurs traditionnelles, ultime refuge contre la révolution des mœurs qui se profile.

Pourtant, racontera-t-elle, « je flirtais outrageusement avec chacun de mes partenaires ! ». Son premier baiser, c'est devant les caméras qu'elle le donne, inquiète à l'idée de mal s'y prendre. Son partenaire la rassure très vite.

Drôle de fille qui malgré son jeune âge sent qu'elle est utilisée. Elle tente de se rebeller contre le tournage du deuxième épisode, *Sissi impératrice*, est contrainte de céder, et dans la foulée tourne le troisième. L'actualité la plus brûlante est repeinte en rose bonbon : l'écrasement sanglant de la révolution hongroise à Budapest trouve un écho dans *Sissi impératrice*, tourné la même année, quand la jeune souveraine devient reine de Hongrie grâce à ses tendres liens avec le comte Andrassy. Première série cinématographique à succès, les trois épisodes sont tournés en trois ans. Quatre autres films s'intercalent. En cinq ans, de quinze à vingt ans, Romy Schneider aura été l'héroïne de douze films. Elle est une star. Chaque déplacement à l'étranger est un événement, la presse guette ses moindres gestes. Elle est la figure de la revanche, l'emblème de la reconstruction allemande sur la scène du monde. Une couronne symbolique bien plus lourde à porter que la perruque de Sissi.

Daddy Blatzheim fait bâtir de plus en plus d'hôtels. Quant à Magda Schneider, toujours souriante, son rôle de mère lui tient lieu de sinécure. La petite est bien en main.

C'est d'abord contre son personnage que Romy va se révolter. « Je ne suis pas une sucrerie », proteste-t-elle quand on tient à l'identifier à Sissi. « Je suis peu patiente, nerveuse. » Ou bien : « Je ne suis ni charmante ni délicieuse. » Qui pourrait la croire ?

Romy a haï ce personnage de Sissi. Cette haine l'a habitée toute sa vie comme si, à chaque évocation, une blessure se rouvrait. Elle ne supporte pas qu'on la réduise à ce personnage simplifié. Elle se sent victime d'une sorte d'erreur judiciaire. Elle n'est pas cette jeune femme en crinoline, remplie de bons sentiments. On la nie, on bafoue son besoin d'authenticité, on la ramène à une caricature d'elle-même. Pire : ce déguisement l'empêche de montrer qui elle est vraiment, ce qu'elle vaut, la femme et l'actrice qu'elle veut devenir. Elle étouffe sous les compliments, les fleurs sous lesquelles on l'enterre sont empoisonnées. Le résidu d'une mue qu'elle ne veut plus voir. Dont elle ne veut plus entendre parler. Or, cette dépouille, non seulement on la lui met sans cesse sous les yeux mais elle est admirée par des millions de spectateurs, elle parle toutes les langues. Elle est partout. Aux yeux du monde, Romy se confond avec Sissi, EST Sissi. Elle aura beau se montrer nue, c'est la crinoline qu'on verra.

Des années plus tard, elle vit avec Alain Delon. Il est la vedette. Le journaliste interroge le jeune homme sur ses projets. Il répond et fait allusion à ceux de sa compagne, assise à côté de lui. Romy est rayonnante sous sa capeline blanche.

Le journaliste les remercie et les salue :

— Au revoir Alain, au revoir Sissi.

Le visage de la jeune femme s'éteint.

— Pas Sissi. Romy, corrige-t-elle à voix basse.

Et tout de suite, le sourire – le masque – sur la déception. « Quand elle sourit, elle te donne envie de pleurer », se souvient Jane Birkin. Sourire parade à la transparence de larmes. Dans son sourire, une petite fille lutte et s'excuse.

Sissi cristallise tout ce qu'elle déteste, la facilité, le faux-semblant. Tout ce qu'elle déteste en elle. La marque de son imperfection, de son incapacité à coïncider avec elle-même.

Et puis autre chose, peut-être.

Cette gloire consacre aussi la réussite de sa mère, de son beau-père. Son instinct lui souffle qu'elle est un instrument entre leurs mains ; c'est moins son bien qu'ils visent que le leur. Elle prend conscience du caractère intéressé de sa mère, de l'avidité du couple. Elle n'est pas majeure. Elle reçoit un peu d'argent de poche. Et le reste ? On l'utilise, on l'exploite. Tu te dois à ton public, glisse le réalisateur ; souris à ton public, susurre la maman. Quant au producteur, il ne prend même pas la peine de l'écouter quand elle essaie de lui expliquer pourquoi elle veut arrêter les *Sissi*. Romy Schneider est au centre d'un groupement d'intérêts, d'un « marché aux bestiaux » selon ses propres termes. Elle ne parvient pas à s'extraire de la nasse.

Sa rébellion prend la forme la plus simple pour une jeune fille de son âge : tomber amoureuse de garçons qui déplaisent à ses parents.

Elle s'entiche d'abord du sombre Horst Buchholz, le « James Dean allemand ». Son premier amour. Aussi beau que l'original, aussi sulfureux et plus politisé, ce fils de cordonnier issu des bas quartiers est soutien de famille depuis l'âge de quatorze ans. Son père, prisonnier de guerre, n'est rentré qu'en 1948. Sa sœur l'appelle papa. Horst est un vrai rebelle et joue à la ville comme à l'écran les mauvais garçons. Il tombe sous le charme de Romy, jeune fille de bonne famille, certes, mais moins fade qu'il ne le pensait. Une vraie complicité les unit. Elle admire l'esprit révolté de Horst, sa conscience politique. Ils tournent deux films ensemble. Les photographes s'en donnent à cœur joie. Mais pas les Blatzheim. « Choisis entre lui et moi », ordonne le beau-père. Cette injonction me met mal à l'aise. Daddy serait-il jaloux ? Romy cède, elle n'est pas encore prête.

« Elle avait honte d'avoir joué ce personnage de Sissi », confirme son ancien partenaire Karlheinz Böhm. « Elle en a eu honte jusqu'à la fin. Peut-être même est-ce l'une des raisons de sa mort. »

Peut-on à ce point ne pas se réconcilier avec ce qu'on a été ? Et si cette honte qui paraît si *déplacée* n'était pas due au film lui-même mais à autre chose ? L'hôtelier devenu homme d'affaires grâce à sa belle-fille tire les ficelles. Il est le premier intéressé à la poursuite du projet. Romy avait quinze ans quand il a épousé sa mère, treize ou quatorze quand elle l'a rencontré pour la première fois. Quelque chose s'est joué là, j'en suis sûre, quand ce beau-père tout-puissant s'est montré sous son vrai jour. Qui est au juste cet homme ? Que s'est-il passé entre eux ? Entre le fantôme d'un père absent et un beau-père trop présent, quelle est la marge de manœuvre d'une jeune fille ? Hans Herbert Blatzheim figure sur toutes les photos prises hors plateau. L'une d'elles le montre, imposant, entre sa femme et sa belle-fille. Sa main crispée sur le bras nu de Romy comme s'il la serrait de force.

Romy déplace le conflit sur le terrain cinématographique. On lui propose un million de marks pour le quatrième épisode de *Sissi*, somme jamais vue au cinéma. Le prix pour incarner une fois de plus le symbole d'une Autriche et d'une Allemagne en quête de reconnaissance. Elle refuse. Elle le paiera très cher.

Mais, cette fois, elle est majeure. On ne peut plus décider pour elle.

A la place elle va tourner *Jeunes filles en uniforme*, un film qui fera scandale, avec Lili Palmer, l'anti-Magda. Née en Pologne, issue de la bourgeoisie juive, Lili a suivi des cours d'art dramatique à Berlin. En 1933, elle quitte l'Allemagne pour Paris (où elle a déjà tourné un film en 1932) et y mène la vie difficile des réfugiés allemands. Elle chante et joue dans les cabarets. Puis elle part pour Londres où elle commence véritablement sa carrière cinématographique et épouse l'acteur Rex Harrison. Elle rentre en Allemagne après la guerre. Plus tard, elle connaîtra une brillante carrière à Broadway avant de mourir en 1986 à Los Angeles.

A ses côtés, Romy comprend que pendant que ses parents poursuivaient leur carrière avec la bénédiction des nazis, d'autres comédiens avaient fait le choix de la résistance et de l'exil. A l'époque, comme la plupart des jeunes Allemands, elle ne sait rien. Elle marche dans Berlin avec Lili, elle écoute, elle apprend. Elle compare. Ce sont ses premiers pas vers la prise de conscience. L'Allemagne est en pleine reconstruction. Mais pas encore prête à reconnaître ses responsabilités. « Les ruines sont vraies, les honneurs sont vrais, les morts sont vrais. Mais les Allemands sont des fantômes vivants que ne touchent plus le discours ni l'argument, le regard des hommes ni le deuil des cœurs », écrit Hannah Arendt après un voyage dans son pays natal. La course à la prospérité et à l'argent sert de repoussoir à la mémoire. Au refus d'entendre la parole des déportés fait pendant le silence de ceux qui ont laissé faire. Les parents allemands se taisent devant leurs enfants. La génération de ceux qui ont vingt ans en 1958 est sacrifiée à ce double silence. La suivante le fera flamber.

Dans ce Berlin où les ruines attestent encore du passé, Romy et Lili marchent en parlant. Ce que Lili raconte prépare la rupture entre Romy et sa famille, entre Romy et l'Allemagne. Elle l'admire, elle s'identifie à elle bien plus qu'elle ne s'est jamais identifiée à sa propre mère. Son dernier rôle, le personnage d'Elsa Wiener, chanteuse de cabaret à Paris pour survivre à l'exil, garde la trace de cette admiration, comme si avec le temps elle était enfin devenue un peu Lili.

COMMANDEMENT EN CHEF
FRANÇAIS EN ALLEMAGNE

GROUPE FRANÇAIS
du
CONSEIL DE CONTROLE

Division Personnes Déplacées

Le Chef de la Division

GFCC/FR/I3/5594/PDR

Berlin, le 13 Avril 1948
96 Kurfurstendamm

Mademoiselle,

      Comme suite à votre lettre du
1-4-48,ayant trait à la recherche de Monsieur,

      J'ai le regret de vous faire connait
que ce disparu ne figure pas dans nos fichiers.
Par ailleurs si vous désirez que nous poursuivio
nos recherches dans notre secteur(zone d'occu-
-pation soviétique en allemagne),il est nécessai
-re que vous nous fassiez parvenir par un
prochain courrier des renseignements complémen-
-taires.
      "Date et lieu de naissance?
      "Date à laquelle il fut fait prisonnie
       ou Déporté?.
      "Date de ses dernières nouvelles?.Les
       circonstances par lesquelles il fut
       fait prisonnier? le lieu?.

      Dans l'attente de vous lire,je vous
prie d'agréer, Mademoiselle,mes salutations
distinguées.

L. de ROSEN

Mademoiselle ~~██████████~~
~~████ ██.█████~~.PARIS XVIe.

I.M., Berlin. — J.185-48. — G.F.C.C. 14

Cette lettre m'a permis de comprendre le travail de ma mère en Allemagne. Suite à la conférence de Potsdam qui partage l'Allemagne en trois puis quatre secteurs d'occupation, les populations allemandes des provinces prussiennes de l'Est, désormais sous domination soviétique, sont expulsées. Beaucoup ont déjà fui dès l'arrivée des troupes russes, ivres de vengeance, au propre comme au figuré. On estime qu'au cours de l'hiver 1945 huit millions de femmes, d'enfants et de vieillards vont se trouver « réfugiés » dans les zones anglaise et américaine. A ces masses s'ajoutent les trois millions d'expulsés de Tchécoslovaquie, plusieurs millions de prisonniers de guerre, et tous ceux qui fuient les zones soviétiques. En tout, près de vingt millions d'Allemands, plus du quart de la nation, se retrouvent sur les routes, la plus grande migration humaine depuis l'époque des Assyriens : « Un pays écartelé, éclaté, estropié, villes écroulées, usines dévastées », selon Henri Ménudier. « Des dizaines de millions d'êtres humains errent sur des routes encombrées par les véhicules de guerre : évacués cherchant à rejoindre ce qui peut subsister de leur domicile ou de son environnement, soldats ayant échappé à la capture, prisonniers évadés, libérés des prisons et des camps de concentration. Des étrangers aussi, prisonniers de guerre cherchant à revenir au pays, masse innombrable de déportés du travail – entre 10 et 20 millions – dont beaucoup, coupés de toutes leurs racines, vont peupler la nouvelle catégorie statistique amenée par les Américains : les personnes déplacées. »

Berlin est d'abord sous commandement soviétique. Les troupes alliées ne rallient la ville qu'en juillet 45, et le commandement quadripartite débute quelques jours plus tard. Chaque zone possède son propre commandement. La zone française, la plus petite, est une juxtaposition de territoires semi-autonomes, tiraillés par les dissensions politiques entre FTP et FFI. En raison de ces conflits, le secteur français n'est opérationnel qu'au mois d'août. Ce sont les femmes allemandes qui sont chargées de coudre à domicile les drapeaux des vainqueurs. On ne leur fournit pas le tissu. Pour le drapeau français, elles utiliseront des draps blancs, des blouses usagées, et pour le rouge, les restes du drapeau nazi.

La division des Personnes déplacées à laquelle appartient Edith Hanau a pour charge de récupérer les réfugiés en zone russe, de les réunir et, si possible, de les aider à rentrer chez eux. Déportés, « malgré-nous » alsaciens enrôlés dans l'armée allemande, ou prisonniers libérés par les Soviétiques, ils errent dans un secteur russe en ruine sans eau potable, sans lumière, sans nourriture. L'une des tâches de ma mère consiste à accompagner les militaires français et les infirmières de la Croix-Rouge à Frankfurt an der Oder où des trains acheminent ces êtres qui n'ont plus ni place ni appartenance. Parmi eux, aussi, des Allemands antinazis, des Juifs miraculeusement vivants, des familles de l'Est fuyant les troupes russes. On les emmène dans le camp de rassemblement de Zehlendorf, sous contrôle américain.

Il y a quelques années, je me suis rendue avec ma sœur en ex-Allemagne de l'Est, à Frankfurt an der Oder, pour visiter le musée dédié à Heinrich von Kleist. Autour de la gare, des punks défoncés rôdaient, leurs dobermans sur les talons. Au bord du fleuve, l'ancienne frontière Oder-Neisse, nous avons mangé une omelette sucrée, un *Kaiserschmarren*, en regardant le soleil se coucher. Tout était si paisible.

Longue nuit de l'après-guerre où le chaos donne naissance à un nouvel ordre. Mais lequel ? Les façades calcinées, les fenêtres aveugles où l'on cloue des planches de bois, les caves où des ombres attendent dans les ruines le père ou le mari qui n'est pas revenu du front ou du camp, les pancartes sur lesquelles on griffonne une adresse, les appartements béant sur le vide où l'on cultive quelques légumes pour ne pas mourir de faim. Les barbelés autour des zones américaine, britannique, française ou russe. Les contrôles. Les cigarettes américaines, monnaie d'échange pour acheter quelques patates ou un morceau de savon. Les vieilles femmes chargées de déblayer les décombres, poussant des wagons de débris ou récupérant des briques pour la reconstruction : 50 000 *Trümmerfrauen* embauchées pour quelques pfennigs ou une meilleure carte de rationnement. Les filles pauvres devenues putes à soldats pour échapper à leur destin d'Allemandes et, qui sait, avoir la chance de suivre un militaire en Amérique. Les viols. Le marché noir, le troc, les dénonciations. Chacun à son tour.

Un demi-million de réfugiés arrivent chaque mois à Berlin, répartis dans cinquante-neuf camps de transit et acheminés le plus vite possible dans leur pays d'origine. Au seul camp de Zehlendorf, plus de cinq mille personnes sont hébergées en novembre 1945. Treize nationalités différentes. Berlin est devenue une gigantesque machine à trier.

Ma mère est aussi chargée par le Bureau des finances de récupérer l'argent et les vivres dus à l'occupant au titre de la dette de guerre, la *Kriegsschuld*. Le Bureau allemand se trouve en secteur russe, près de la porte de Brandebourg. La fille juive fait payer les Allemands.

Le premier hiver est terrible. Il n'y a pas de chauffage dans les bureaux du Kurfürstendamm. Edith fait venir un ingénieur. « Le patron veut que le chauffage fonctionne. Débrouillez-vous ». Au cours de la discussion, il soupire :

— Ah ! cette guerre, elle nous a tous...

Il n'a pas le temps de finir.

— Tous ? Vous ? Mais vous n'avez rien à pleurer, vous. Vous n'avez pas le droit. Nous, oui. Les camps de concentration, tout le reste...

— Ecoutez, si ce que vous dites est vrai, alors, nous n'avons plus qu'à nous suicider.

— D'accord. Mais quand vous aurez réparé le chauffage.

Une semaine plus tard, l'ingénieur est revenu. Il lui a offert un grand plateau en cuivre et des cendriers qu'il avait fabriqués lui-même. *Um wiedergutmachen*. Pour se réconcilier. Elle les a rapportés d'Allemagne. Ils sont toujours là. Des cendriers…

Edith est partie de France pour se venger, et voici qu'à la place des vainqueurs arrogants d'hier elle se trouve face à des gens tristes, humiliés, dépourvus de tout. Ils courbent la tête devant les vainqueurs d'aujourd'hui. Elle ne cache pas qu'elle est juive. Elle porte l'uniforme français, elle, l'Allemande née à Gerolstein. Elle confirme : « Je n'aurais pas supporté d'y être autrement que dans l'armée. Je les dominais, j'étais fière. »

L'antisémitisme, elle le rencontre chez des Français. Une nuit, ils ont dû acheminer vers le camp de Zehlendorf un groupe de juifs polonais, sans papiers, exténués. Edith est entourée d'officiers de l'armée française. L'un d'eux grommelle : « Il n'y a pas eu assez de fours crématoires, il faut encore qu'on soit emmerdés par les juifs… » C'est la veille de Noël, elle est chargée d'organiser le réveillon. Elle refuse et explique pourquoi à son chef. Elle finira par accepter mais en échange d'excuses publiques.

L'une des tâches de la division des Personnes déplacées concerne la recherche des enfants français en vue de leur rapatriement. Enfants enlevés en France à leur famille, enfants ayant accompagné en Allemagne des parents disparus depuis, enfants illégitimes ou abandonnés, le plus souvent nés d'une mère allemande et d'un père français, travailleur civil du STO, prisonnier de guerre ou soldat d'occupation. Enfants sans nom, sans nationalité, sans mémoire. Certains ont été ballottés pendant les derniers mois de la guerre de pouponnières en maisons d'enfants, d'une province allemande à l'autre. On ne sait ni leur date de naissance, ni le lieu, ni s'ils ont encore des parents quelque part. Sont-ils français, allemands ? On ne le saura jamais. Parfois on les arrache à leur famille nourricière, on les cache avant de les acheminer vers leur pays d'origine.

Souvent des femmes allemandes, dont le mari revient du front de l'Est ou d'ailleurs, apportent elles-mêmes leur bébé à la division. Ces enfants sont confiés à une pouponnière, puis ramenés en France pour être adoptés. Edith les accompagne en Dakota à Paris. Une nourrice s'occupe d'eux. Ma mère me raconte l'aéroport de Berlin détruit, la piste défoncée, le vrombissement des hélices, les secousses, son émerveillement à l'atterrissage au Bourget. Je ne saurai rien de ces enfants.

La division des Personnes déplacées aura eu à traiter 3 200 dossiers d'enfants non accompagnés et 13 680 dossiers d'enfants nés d'une mère allemande et d'un père d'une autre nationalité.

Voilà ce qu'a vu et fait ma mère en Allemagne.

Je n'ai pas encore tout compris, tout saisi, mais j'avance. Ainsi, les Hanau ne sont pas partis de Gerolstein en 1935, mais en mars 36 d'après le témoignage d'Oskar Baum qui a racheté à mon grand-père sa maison et son magasin. Cette incertitude sur la date de leur départ devrait être résolue par les archives. Comment se fait-il que la biographe en moi soit saisie d'une telle pesanteur à l'idée de faire une recherche aussi simple ? Quelque chose résiste. Je suis porteuse du désir de savoir mais la peur est encore trop forte. J'attends. On ne gratte pas la terre pour faire pousser plus vite les fleurs.

Gerolstein se trouve dans le massif de l'Eifel, à une soixantaine de kilomètres au nord de Trèves. Je peine à trouver le nom sur la carte, mon regard glisse vers le sud, ou le balaie sans le voir. Quand je l'ai repéré, je le perds. C'est un lieu abstrait ou plutôt imaginaire, qui n'a d'existence que dans les récits de ma mère. Comment pourrait-il figurer sur une carte ? J'apprends que la communauté juive y était minuscule, que son histoire bat irrégulièrement durant des siècles. Son implantation date du haut Moyen Age mais les persécutions de 1349 – comment les Juifs ne seraient-ils pas responsables de la Peste noire ? – les chassent de la ville. Deux familles au XVIIIᵉ siècle, une soixantaine de personnes avant la guerre. Ni ghetto, ni rue aux Juifs, un simple carré dans le cimetière commun, un officiant mais pas de rabbin. Ces juifs, pour la plupart des commerçants, entretiennent de bonnes relations avec les chrétiens. Sans être assimilés comme les grands bourgeois de Francfort ou de Berlin, ils se sentent allemands à part entière tout en restant attachés à leur religion. Ils habitent au milieu des Allemands, ils vivent comme eux, vont à l'école avec eux, sont enterrés parmi eux. Ils *sont* allemands.

Mes grands-parents habitent une grande maison desservie par un monte-charge, 23 Hauptstrasse, la rue principale. Ils ont un commis et une bonne. Les Levy, les Adler, les Mansbach, les Baum, les Hertz, les Ermann, les Frankel, les Waldbaum, les Hanau, je peux très bien imaginer leur vie : les affaires, les mariages, les fêtes, les enfants, les rivalités, les fâcheries, les alliances, les affections. J'entends les voix des hommes, leur rire le shabbat après-midi quand ils jouent aux cartes en buvant du schnaps.

Je les imagine d'autant mieux que des photos existent, réchappées de l'anéantissement. Le photographe de Gerolstein, Fredy Lange, avait pris des clichés au début des années 30. Elles ont été retrouvées dans sa cave. Sous mes yeux, les juifs de Gerolstein revivent : photos d'identité agrandies, portraits de groupe, ils sont souriants et semblent heureux. Les grands-parents posent avec leurs petits-enfants, parfois en couple. Moritz Levy, le petit colporteur qui achetait sa marchandise chez mon grand-père, tient sa femme Ellie par la main. Une Erna Lewy sourit, une main sur la hanche, jupe courte, perles en sautoir et étole de fourrure sur les épaules. Elfriede, elle, porte un chapeau cloche, façon 1925. Ses dents du bonheur lui donnent un air malicieux. Deux gamins sont déguisés, lui en magicien, elle en danseuse. A quelle occasion ? Pourim ou Carnaval ? Ma mère figure avec son jeune frère sur une photographie que je connais bien. Présence incongrue, échappée de la salle à manger de mes grands-parents. Cheveux courts, jupe plissée et tunique droite à l'encolure en forme de cravate, Edith sourit de ses immenses yeux verts et tient la main de son petit frère, aussi blond qu'elle est brune. Ils rayonnent. Mais les noms qui figurent sous la photographie ne sont pas les bons. Devenus par erreur Inge et Horst Mansbach, ils se retrouvent, eux, sous la photo d'une fillette avec un gros nœud dans les cheveux et d'un bébé joufflu. Ainsi les documents peuvent-ils égarer historiens et biographes… Mon grand-père arbore la petite moustache de Hitler. Mais ses yeux bleus rêveurs et sa façon de se tenir un peu penché, son costume sombre et sa pochette blanche font lever le parfum de sa joue fraîchement rasée quand je l'embrassais le matin. Son ami et concurrent Leo Mayer, tante Gertrud, la sœur de ma grand-mère, et leurs trois enfants, Hilda, Thea et Arnold, font aussi leur apparition, assis autour de la table de leur salon. Devant eux, un album de photos ouvert. Sans doute ont-ils voulu faire participer leurs aïeux à ce coin de postérité. Cols de dentelle, chaussures vernies, camée au décolleté de Gertrud, coiffure « à la Jeanne d'Arc » de Hilda et Thea comme celle de ma mère, yeux bruns en amande, ils me font signe de très loin. Un air de famille… N'ai-je pas subi cette coupe de cheveux pendant des années ? Je retrouve aussi tante Emilie, la sœur aînée de Rosa et de Gertrud, mais pas ma grand-mère, oubliée ou perdue…

J'entends les menaces, les conciliabules, les discussions pour savoir s'il vaut mieux partir ou rester, vendre le *Geschäft* ou faire confiance à l'avenir. Dans toutes les catastrophes, il y a ceux qui choisissent le départ et ceux qui n'arrivent pas à laisser leur maison, et nomment espoir cet impossible arrachement. Et puis, pour aller où ? Les premiers à quitter Gerolstein, dès 1933, ont rejoint la Palestine. Dans une même famille, certains ont choisi (mais « choisir » est-il le mot juste ?) l'Amérique du Sud, les autres le Danemark ou la Grande-Bretagne. Le Paraguay ou les Etats-Unis. Très peu, comme les Hanau, trouvent un abri en France. Ainsi s'en est-il fallu d'un rien pour qu'ils émigrent en Amérique, comme Leo Mayer et sa famille. Hilda était la cousine et la meilleure amie d'Edith. Elles ne se revirent jamais.

— Hilda, tu sais, ma cousine d'Amérique, elle m'a téléphoné hier ! m'annonce ma mère qui confond le passé et le présent.

— Hilda ? Et d'où t'appelait-elle ?

— Je ne sais pas… Gerolstein, peut-être ?

Ceux qui resteront à Gerolstein seront déportés. Depuis 1943, il n'y a plus de juifs à Gerolstein.

Cette dernière phrase sonne un peu mélodramatique. Mais c'est la stricte vérité. *Judenrein*. Une partie de moi est saisie par cette disparition. J'ai découvert d'un seul coup l'existence de cette communauté, et sa fin tragique. Mais une autre hausse les épaules. Soit, cette communauté a disparu mais d'autres survivent. Un jour ici, l'autre là. L'horreur me saute aux yeux en examinant de plus près les chiffres. Une vingtaine de survivants. Des familles dispersées, amputées. Les hommes et les femmes qui souriaient sur les photos, les enfants : disparus. Le petit colporteur Moritz Levy, en camp de travail puis déporté. Tant d'autres. Et en même temps, je ne parviens pas à *ressentir* l'atrocité. Quelque chose est rendu insensible en moi, ou si profondément enfoui que je ne peux le restituer que les yeux secs. Mon corps est conducteur de cette souffrance mais elle me reste étrangère. Ma mère ne m'a-t-elle pas toujours dit que les wagons à bestiaux qui les avaient évacués en 1939 avec ses parents et son frère avaient été pour elle le décor d'une nouvelle aventure ? « Les adultes étaient inquiets, mais nous les jeunes, on s'amusait bien. »

Qu'en aurait-il été si ces wagons les avaient emportés vers l'Est ? Je ferme les yeux, je ne veux pas savoir. Assez parlé de tout ça.

Jakob Hanau est né à Furweiler, en Sarre. Nulle région n'a été à ce point ballottée entre la France et l'Allemagne. Pour les Français, la Sarre est allemande. Pour les Allemands, elle est suspecte. Ces coups de balancier depuis le XVIIᵉ siècle symbolisent toute une histoire. Quand ma mère a souhaité prendre le large à la fin de la guerre, elle est repartie pour l'Allemagne. Romy Schneider, selon la même logique, choisira la France. Son mouvement de va-et-vient entre l'Allemagne et la France ne fait que commencer. Jusqu'au bout il exprimera ses rébellions, ses conquêtes, ses victoires et ses défaites. Sa guerre à elle, entre identité et reconnaissance, mère patrie et terre d'adoption.

Alain Delon ou le premier pas vers la liberté. Leur rencontre a été racontée des dizaines de fois. Comment soulever la lave refroidie de tous ces récits ? Romy est la star et lui le débutant. On lui demande de choisir un partenaire pour *Christine*, remake du *Liebelei* de Max Ophuls, le plus grand succès de sa mère – quand donc cela finira-t-il ? – et elle tombe sur la photo du garçon. Elle veut celui-là, pas un autre. Les essais ont lieu à Paris, elle prend l'avion. Il l'attend avec son camarade Jean-Claude Brialy. L'avion se pose, elle descend, charmante. La conversation s'engage avec Jean-Claude qui parle allemand : son père, militaire, a appartenu aux troupes d'occupation en Allemagne. Le jeune comédien a passé une partie de son adolescence à Baden-Baden ; Alain reste un peu à l'écart. Temps d'observation ? Méfiance ? Indifférence ?

Horst Buchholz – Alain Delon : même regard farouche, même origine plébéienne, même musculature élancée. Même révolte à fleur de peau. Même distance à l'égard de l'enfant gâtée du cinéma, une oie blanche capricieuse, aucun doute là-dessus. Mêmes complexes aussi, camouflés en arrogance. Delon laisse son faire-valoir se démener. Sa moue dédaigneuse ne laisse présager rien de bon.

Donc, pas de coup de foudre mais deux narcissiques embarqués sur la même galère. Elle est la star internationale, il est le jeune débutant imposé à la production. De quoi générer un désir de revanche chez le mâle. Désinvolture affichée, grossièreté. Il décide de la soirée : ils iront au Lido. Champagne, souper fin. Au moment de l'addition, les garçons n'ont pas un sou. C'est elle qui paie. Qui pourrait y voir un signe ? Romy paiera si souvent l'addition dans sa vie… Elle ne parle pas le français, Delon ne sait pas l'allemand. Jean-Claude Brialy se fera l'interprète du couple. Il est le liant, le go-between dont la légèreté autorise la rencontre de ces deux écorchés vifs, aussi tyranniques l'un que l'autre.

Leur amour commence par le rejet. Elle le trouve vulgaire, il la trouve à vomir. Cette coiffure de mémère, ces caprices ridicules…

Pourtant, à l'issue du tournage en Autriche, Romy, dans un bel élan passionnel, prendra l'avion à Vienne pour rejoindre son amour rentré en France, sans lequel elle ne peut plus vivre.

« J'étais trop avide et occupé par ma carrière pour me laisser mettre le grappin dessus, serait-ce par la plus belle fille du monde. Le destin allait me donner un démenti qui me fit l'effet d'une gifle magistrale », reconnaîtra Alain Delon. Cette déclaration de l'acteur est une photographie plus parlante que tous les clichés. Franchise. Ambition dévorante. Besoin de liberté. Relation amoureuse vécue comme un rapport de forces. Méfiance défensive du don juan. Posture du héros aux prises avec le destin. Lucidité. On ne saurait être indifférent à un tel homme. On aime ou l'on déteste Delon.

Pourtant le débutant raide et gauche de *Christine*, « un liftier en uniforme » selon la presse allemande, sera d'abord pour le public le chevalier servant de Sissi. Il a vingt-deux ans. Un enfant endurci de la banlieue parisienne, fils de divorcés, ex-apprenti charcutier, ancien d'Indochine, qui agrippe d'une main ferme la corde que lui a lancée la vie. Sa belle gueule et son intelligence lui ouvrent les portes et les lits. Un Rastignac des années 50 entre instinct et sculpture de soi dont le chemin – hasard des rencontres – passe par le cinéma.

Il est banal de souligner ce qui différencie Romy et Alain : le pays, l'origine sociale, l'éducation, la fortune. Mais elles les rapprochent aussi, ces différences à mettre au service de l'ambition de l'un et de la sourde révolte de l'autre. Chacun incarne les aspirations de son partenaire : riche et célèbre – libre et aventurier. Leur amour va les propulser dans une dynamique à leur image. Ils ne manquent pas non plus de points communs : un caractère bien trempé, une enfance solitaire, des parents séparés, la pension, une vie précoce d'adulte. Ils ont le même âge et une jeunesse à rattraper, le même besoin de chercher et d'éviter la norme et les limites.

La jeune star découvre un milieu nouveau. Alain Delon et ses potes, marginaux de tout poil, homosexuels, comédiens fauchés, malfrats, jolies filles affranchies : un monde dont la surveillance de Mammi et Daddy l'a protégée. Romy croit découvrir la vraie vie, elle nage en pleine illusion. Pour les parents, il ne peut y avoir pire catastrophe. Non seulement elle leur a échappé mais elle a quitté l'Allemagne pour la France, et les Allemands pour un Français. De Gaulle vient d'arriver au pouvoir et l'heure n'est pas encore à la réconciliation, tout juste à *La Vache et le Prisonnier*. Elle vit aux yeux de tous avec un homme sans être mariée, un scandale pour une « vraie jeune fille ». Ils habitent chez Georges Beaume, l'ami et l'agent de Delon.

Au fil d'interminables conversations téléphoniques, les parents ont réussi à éviter la rupture totale. Le beau-père, homme de ressources, a l'idée de sauver les apparences en organisant des fiançailles dans l'établissement qu'il vient d'acheter à Lugano, avec l'argent de Romy. Autant tirer profit de l'inévitable. Une façon aussi de renouer avec l'enfant terrible. Delon, au grand étonnement de sa compagne, accepte la mascarade, même s'il s'arrange pour la saboter. Voilà qui ne fait pas honneur à la clair-voyance de Romy. Elle sera toujours lucide trop tard, de ces femmes que l'amour aveugle, qui idéalisent les hommes au point d'en faire des porte-fantasmes. Flattés au début, ils se reconnaissent de moins en moins dans cette caricature et finissent par en pro-fiter ou s'en désintéresser. Romy ne voit pas ses com-pagnons tels qu'ils sont mais tels qu'elle les rêve. Le moindre manquement à l'idéal est une faute, et la déception une chute brutale. Chaque réveil trans-forme le rêve en cauchemar.

Officialisation, donc, le 22 mars 1959, à grand renfort de publicité. « Les fiancés de l'Europe » font rêver dans les chaumières. Magda aime sa fille, et Blatzheim aime l'argent. Un dernier film mère-fille en duo, et la carrière cinématographique de Magda Schneider coule à pic.

La situation se complique. Une fois ses contrats honorés, Romy se retrouve elle aussi dans une impasse professionnelle. Les Allemands ne veulent plus d'elle – ne s'est-elle pas affirmée « française aux trois quarts et viennoise pour un quart » ? – et en France, on ne lui propose que des ersatz de *Sissi*, *La Belle et l'Empereur* et autres *Katia*. « En Allemagne, je figurais sur la liste noire, et en France je ne figurais sur aucune. » Parallèlement, la carrière d'Alain Delon prend son essor, il est le jeune premier le plus prometteur du cinéma français. Romy est assez amoureuse pour se contenter d'être son ombre, mais trop exigeante pour accepter la médiocrité. Elle a beau savoir qu'elle vaut mieux que ces rôles stéréotypés, elle doute d'elle-même. Après tout, elle n'en a aucune preuve. C'est Alain, désormais, qui la recommande aux producteurs. Elle contemple, fascinée, un microcosme intellectuel et parisien, le comble du *chic*, dont elle ne se sent pas digne. Elle a du mal à suivre les conversations, elle se sent pesante. Si allemande. Fière et complexée à la fois, souvent cassante. Ses explosions de colère sont la marque de son impuissance. Delon joue volontiers les protecteurs et son ego, gonflé par ses premiers succès, s'accommode de la situation pourvu qu'il ait la liberté d'y échapper. Romy est une impératrice déchue, elle ronge son frein, se cherche et ne se trouve pas. Elle a vingt et un ans.

Qu'a su Romy Schneider des infidélités de son « fiancé » ? Entre rumeurs et non-dit, langue de bois et secret défense, difficile de savoir. Ils partagent maintenant l'hôtel particulier de l'avenue de Messine et la maison de campagne de Tancrou. Quelles expériences, quelles insatisfactions ? Des témoins accablent Alain Delon. Marlene Dietrich le rend responsable du naufrage de Romy. Trop facile.

Ce voyou charmeur, amoureux et insaisissable, comment n'évoquerait-il pas Wolf – le loup –, père adoré et absent ? Le loup, cliché si souvent utilisé pour décrire Delon… Que, dans la réalité, les deux hommes soient très différents, ne change rien à la position de Romy. Enfantine et possessive, elle attend d'un fugueur l'amour total qu'il ne peut lui donner. Illusion. Espoir. Attente. Déception. Pourtant, Alain Delon finira par offrir à Romy Schneider le meilleur de lui-même : une protection paternelle, celle qui lui a tant manqué à lui aussi quand il était enfant. Jusqu'au bout. Mais pour le reste, personne ne peut mettre un frein à sa liberté.

Un instinct très sûr pousse Romy vers des hommes qui ne peuvent pas la rendre très longtemps heureuse. Passé les premiers temps de l'idylle immortalisée par les reportages et les magazines, les rapports se tendent. Le magnétisme de Delon, son caractère aussi entier et autoritaire que le sien mettent à vif sa vulnérabilité. Le déclin professionnel de Romy Schneider, sa position d'étrangère et de femme contribuent à l'inférioriser. Curieux mélange de raideur et d'humilité, d'arrogance et de soumission... Etre allemande en France dans les années 50, c'est endosser les défroques vert-de-gris de l'ancien occupant. De *La Traversée de Paris* à *Babette s'en va-t-en guerre* se perpétue l'image de l'Allemand balourd ou sadique. « On avait honte d'être allemands quand on voyageait en France », confirme une amie. « Mon père nous obligeait à parler français, comme si personne n'allait remarquer notre accent... » A leur tour d'avoir, comme jadis les Juifs allemands, la mauvaise langue maternelle. Le tour de force de Romy Schneider sera de nous le faire aimer, cet accent teuton ridiculisé ou détesté.

Pour l'heure elle accompagne Delon sur les tournages, se contentant parfois d'un rôle de figurante comme dans *Plein soleil*, de René Clément, tourné d'août à octobre 1959 dans l'île d'Ischia. Une liaison se noue alors entre Alain et Nico, la future égérie d'Andy Warhol. Ils se verront épisodiquement durant deux ans. Le 11 août 1962, Nico met au monde un enfant que Delon ne reconnaîtra jamais. Le garçon sera élevé par la mère de l'acteur, Edith Boulogne, et portera son nom. Qu'Ari Boulogne soit ou non son fils, on imagine dans quel imbroglio se trouve le fiancé de Romy. Que sait-elle ? En novembre 1960, elle a fait une tentative de suicide. Un Delon en larmes est photographié à son chevet. « Les raisons de ce suicide sont très mystérieuses, écrit *Paris-Jour*. Il semble qu'on doive davantage les attribuer à la nature violente et indépendante de Delon qu'à une dispute précise. Romy, très amoureuse, supporte mal la vie que lui impose son fiancé : quand elle souhaite de la tendresse, elle ne recueille que de l'ironie. »

Ils se réconcilient. Alain veut lui faire rencontrer Luchino Visconti. Elle résiste. L'admiration du jeune homme pour le metteur en scène italien l'agace et l'inquiète. Bien sûr, elle cède, bien sûr elle rencontre Visconti, bien sûr elle tombe sous son charme, captivée, intimidée. Il est amoureux de Delon, il l'a fait tourner dans *Rocco et ses frères* qui l'a rendu célèbre du jour au lendemain. L'intelligence aiguë et perverse de Visconti devine le drame de Romy. Il va l'arracher à son insatisfaction et à sa passivité. Il lui offre le plus beau cadeau qu'on puisse faire à un jeune être : un défi qui l'oblige à se dépasser. Il a tout compris.

Elle jouera Annabella dans la pièce de John Ford *Dommage qu'elle soit une p...* En français et sur scène. Tout compris, vraiment : Romy et Alain y seront frère et sœur, des amants incestueux.

Ah ! Romy, tu voulais un homme qui te fasse plier ! Visconti est le premier d'une série de grands metteurs en scène mégalomanes, autoritaires et sadiques tels que la Schneider les aime. Dans les larmes, les ruades, la jouissance, elle cherchera avec Luchino Visconti, Orson Welles, Otto Preminger, Henri-Georges Clouzot ou Andrzej Zulawski quelque chose qui ressemble à une lutte à mort. Elle leur demande de lui arracher ce qu'elle ne croit pouvoir donner que sous la contrainte. Un corps à corps. Un fantôme de viol. Elle finit à genoux et humiliée. Mais chaque fois, elle triomphe.

Rien ne m'est plus insupportable que le spectacle de l'humiliation. J'emploie à dessein le mot « spectacle » car il me semble qu'il n'est point d'humiliation sans spectateur, même invisible ou intériorisé. L'humilié est sous le regard de l'autre. Un autre impavide ou ricanant, un juge impitoyable. Je me rappelle être sortie de la projection de *La Nuit des forains* d'Ingmar Bergman, tant j'étouffais. Seul demeure le visage du clown, son regard. Ou le sourire pitoyable de Gelsomina dans *La Strada*. Quel que soit le sexe, le statut, la nationalité de l'humilié, je ressens dans mon propre corps un anéantissement que je n'ai jamais vécu personnellement. Que d'autres ont vécu, sans doute, avant moi. Que je porte en moi. Dont je ne sais rien.

Entre 1945 et le début des années 60, l'humiliation et la honte ont changé de camp. Qu'y a-t-il de pire ? la honte de la victime ou celle du bourreau ? Dans les deux cas, la honte avait à voir avec la défaite et le silence. Mes parents méprisaient les juifs qui avaient changé de nom après la guerre. Mais en même temps, on me déconseillait de porter mon étoile de David autour du cou dans le métro. Ne pas se faire remarquer. « On ne sait jamais… » On ne sait jamais quoi ? J'ai hérité de cette prudence. On ne sait jamais… « C'est un *yid* », disait-on en baissant la voix. « Tu aimes Jésus ? » me demandaient mes camarades à l'école. Oui, bien sûr, comment pouvait-on ne pas l'aimer ? Tout de même, quand j'ai voulu aller au catéchisme comme les autres, on m'a inscrite au Talmud Torah. J'ai échappé à la honte en sachant qui j'étais. En sortant peu à peu du silence. Mais tout de même, on ne sait jamais…

Le silence qui a écrasé l'Allemagne d'après-guerre, celle de Romy Schneider, est d'abord celui des vaincus. Les femmes déblaient les tonnes de décombres et font la queue devant les magasins vides avec leurs tickets de rationnement, les hommes reviennent du front et reconstruisent en silence. Sous une Occupation, on a intérêt à se taire. Le silence des lâches, le même que celui des Français quelques années plus tôt. Le silence de l'impuissance. On ne sait pas. On ne sait rien. On n'a jamais été d'accord. On n'avait pas le choix. Et puis, le silence des parents qui ne disent rien à leurs enfants, ou lâchent des bouts de vérité. « Jamais ma mère ne m'a parlé de cette période », confirmera Romy Schneider. Et puis le silence des humiliés, ceux qu'on montre du doigt, qu'on soumet à la loi du vainqueur. Le froid, la faim, les habitations détruites, les familles séparées, les viols, le travail qu'il faut mendier aux anciens ennemis, les paquets de cigarettes volés aux Américains. Dans l'Allemagne occupée, les voilà devenus à leur tour des sous-hommes.

Mais ne confondons pas : eux, on ne les anéantira pas, on les aidera à reconstruire. Le nazisme avait fait son lit dans l'humiliation de la défaite de 1918. L'Allemagne, aidée par ses anciens ennemis, surmontera celle de 1945. Hans Herbert Blatzheim représente cette génération de l'après-guerre qui participe au « miracle économique ». On les appelle les *wir sind wieder wer*, nous sommes à nouveau quelqu'un. Echo au « mon père c'était quelqu'un » de ma mère.

En 1951, Konrad Adenauer effectue sa première visite officielle en France. Un an plus tard, il participe à la signature du Traité de la Communauté européenne du charbon et de l'acier. En 1954, les Allemands sont sacrés champions du monde de football. C'est une première victoire. Quelques années encore, et un Blatzheim est à la tête d'une soixantaine de bars, restaurants et hôtels de luxe. Il gagne de 12 à 15 millions de DM par an et roule en grosse voiture américaine.

Romy Schneider, elle, paiera toute sa vie sa dette à l'Allemagne de ses parents.

Qui se souvient encore de Nico ? Des années après sa rencontre avec Alain Delon à Ischia, sa beauté, sa voix rauque, sa personnalité troublante et mystérieuse allaient faire d'elle une icône. Une icône sulfureuse et underground, à l'opposé de Romy. Elle s'appelait en réalité Christa Päffgen, et était née à Cologne en 1938, à quelques jours d'intervalle de Romy. Presque une jumelle. A deux ans, Christa quitte Cologne avec sa mère pour habiter chez son grand-père, cheminot à Spreewald, dans la banlieue de Berlin. Elle y restera jusqu'à la fin de la guerre. Son père, lui, meurt dans un camp de concentration. En 1946, mère et fille fuient la zone d'occupation soviétique. Que s'est-il passé alors ? De quelles atrocités la petite fille a-t-elle été témoin ou victime, dans cette ville où des milliers de femmes – 22 000 est le chiffre officiel mais elles furent plus de 100 000 – ont été violées par les soldats russes ? Margarete et Christa se réfugient dans les ruines du secteur américain. La fillette quitte l'école à treize ans et travaille comme ouvrière dans un atelier de couture. Puis elle est vendeuse dans une boutique de lingerie jusqu'à

101

ce que sa mère lui trouve un job de mannequin dans une maison de couture berlinoise. Itinéraire d'une fille belle et pauvre dans l'Allemagne d'après-guerre, avec, en pointillé, tout ce que l'on ne sait pas, qu'on peut supposer.

A quinze ans, Christa rencontre à Ibiza le photographe qui lui donnera son pseudonyme : le prénom du réalisateur Nico Papatakis dont elle partage la vie. Fellini la remarque à Rome et lui confie un rôle dans *La Dolce Vita* : Nico, la prostituée suédoise. Elle signe à Paris avec une agence de mannequins. Sa mère la rejoint. En 1960, décidée à tenter une véritable carrière de comédienne, elle suit les cours de Lee Strasberg à l'Actor's Studio de New York, en même temps que Marilyn Monroe.

Son premier disque est produit par Jimmy Page qui l'accompagne à la guitare. A son répertoire, une chanson de Bob Dylan écrite pour elle. Le chanteur la présente à Andy Warhol dont elle devient l'égérie et la chanteuse du Velvet Underground aux côtés de Lou Reed et de John Cale. Sa liaison avec un guitariste de seize ans, ses plongées dans la drogue et l'alcool, ses errances d'éternelle exilée, les films de Philippe Garrel dont elle est la muse contribuent à créer la légende de Nico. Certains la trouvent fascinante, d'autres la détestent. Sa mort à moto à Ibiza en fera le symbole d'une époque.

Nico est une Romy qui n'aurait jamais aspiré à la norme bourgeoise, dont les forces de destruction n'auraient jamais été contrebalancées par la joie de vivre. Les privations, la misère, l'errance dans une Allemagne exsangue où les cadavres se mêlent aux détritus sous la terre gelée, le viol ou la prostitution, sans doute, comme des centaines d'Allemandes qui couchent avec des soldats américains pour du pain, des cigarettes ou des bas de soie : Christa Päffgen a connu tout ce qui a été épargné à Rosemarie Albach qui mange à sa faim, a chaud et gambade en *dirndl* dans les prairies bavaroises. Héritière de la face maudite de l'Allemagne, Nico porte avec elle une souffrance sans espoir, camouflée en dureté. Comme Romy mais pour des raisons tragiques, elle a grandi sans père (juif ? résistant ? syndicaliste ?). Exilés ou déportés, prisonniers ou morts au front, les hommes sont absents. Les Mutter Courage occupent le terrain. Bien obligées. Comme Romy, Nico est restée étroitement liée à sa mère. On enterrera ses cendres dans la tombe de celle-ci, au cimetière de Grunewald – Grunewald où habitera Romy –, au son de l'une de ses chansons.

> *Liebes kleines Mütterlein*
> *Nun darf ich endlich bei Dir sein*
> *Die Sehnsucht und die Einsamkeit*
> *Erlösen sich in Seeligkeit*
>
> *Chère petite maman*
> *Enfin je puis être près de toi*
> *Nostalgie et solitude*
> *Se dénouent dans la béatitude*

Christa, elle aussi, était restée une petite fille trop vite grandie.

Une partie du mal-être de Romy Schneider est due à sa relation avec Magda. Mère absente durant l'enfance, mère toute-puissante. Tous les efforts de Romy pour se détacher de sa mère et de ce qu'elle représente sont marqués par la culpabilité et l'échec. Elle a besoin d'elle, de son estime. Elle l'admire et la déteste. Leur rivalité se manifeste sur le terrain professionnel. Vouée au départ à être une pâle réplique de Magda Schneider, Romy l'a dépassée en notoriété. L'image du miroir s'inverse. « Sentiment amer, note la jeune comédienne, que celui d'une femme qui doit céder la place à sa propre fille, sa fille unique. » Magda est médiocre, jalouse, méchante. Mais dans l'esprit de Romy, c'est sa mère, la reine.

Rien ne pourra amoindrir l'énergie de Magda. Ce métier conquis de haute lutte, elle l'exercera sur les plateaux de télévision jusqu'au bout, bien après la mort de sa fille. Autoritaire, intéressée et sans scrupules, comme le pensent nombre de biographes ? Sans doute. Mais femme solide dont le soutien est indispensable à sa fille, exemplaire à ses yeux parce qu'elle a attendu son mari volage comme d'autres guettent le retour de leur mari prisonnier, parce qu'elle ne baisse jamais les bras. Romy a beau la savoir cupide, elle lui est reconnaissante : Magda lui a ouvert les portes du cinéma, l'a guidée, lui a permis d'être une star. « *Ich habe meiner Mutter zu danken und keinen Vorwurf zu machen.* » (« Je dois remercier ma mère et n'ai aucun reproche à lui faire. ») Cette dette, elle l'acquittera de toutes les façons possibles. Quant à Magda, elle se chargera d'en recouvrir toutes les créances, allant jusqu'à vendre ses souvenirs à la presse après la mort de sa fille.

Et Blatzheim, le beau-père ? « Daddy », le roi de la bouffe dans l'Allemagne affamée de l'après-guerre, qui ouvre en 1965 dix restaurants à la fois dans le tout neuf Europa Center de Berlin ? « Daddy » qui a construit son empire sur les ruines de Cologne et signe HHB, à l'américaine ? « Daddy », le tyran domestique attaché pendant des années aux pas de sa belle-fille, signant les contrats préparés par sa main et encaissant la monnaie au passage ? Daddy qui a su vendre Romy Schneider comme un produit et ne lui pardonne pas d'avoir échappé à son emprise ? Dans ses Mémoires, *Was ist schon tabu* (ce qui est vraiment tabou), elle est omniprésente. Il se vante d'avoir su la protéger.

Mais il oublie de dire que la petite Rosemarie est obligée de s'enfermer dans la salle de bains en laissant la clef dans la serrure. Et surtout, qu'il a tenté de la violer à plusieurs reprises : « Il a essayé de coucher avec moi. Et pas seulement une fois. » « Ces phrases, ajoute Alice Schwarzer, Romy Schneider me les a jetées au visage au cours de la nuit de décembre 1976. Et je ne suis pas la seule à qui elle a confié ce secret répugnant. » Essayé, seulement ? Cet aveu, Romy le fera toujours en français. En allemand, les mots ne passent pas. Elle prendra Cologne en telle haine qu'elle refusera d'y mettre les pieds, et ne le fera qu'une seule fois, lors du tournage de *Portrait de groupe avec dame.*

S'expliquent alors toutes ces photos où l'épaisse silhouette de Blatzheim s'impose entre la mère et la fille ; la main serrée sur le bras de Romy ; les crises de jalousie quand elle est amoureuse : « C'est lui ou moi. »

Was ist schon tabu...

C'est elle ou moi, voilà ce que ne saura pas dire Magda. Cet homme qui la trompe au vu et au su de tous, elle le défendra même après sa mort et celle de sa fille, écrivant qu'« au fond, il était amoureux en secret de Romy ».

Ainsi se nouent entre la mère et la fille des relations complexes où culpabilité, rivalité, amour et haine forment un nœud qui finira par étrangler Romy Schneider. Toute sa vie, Rosemarie se tournera vers sa mère, l'appellera au secours, accourra au moindre signe, cherchera refuge auprès d'elle. Ses révoltes fondent en excuses, sa vie décousue donne toujours raison à Mammi. Sa mort ne lui donnera pas tort. Magda est l'incarnation de la force qui manque à Romy. Elle est la mère qu'on ne peut pas tuer, la mère invincible qui survit à sa fille.

Contrairement à ma mère, mon père détestait l'armée. C'était un homme pacifique. La famille, les enfants, le cinéma, les jolies filles, la bonne chère, la nature : il aimait la vie. En vacances, des nuées de gamins le suivaient, il construisait des barrages sur les torrents, il leur apprenait à pêcher la truite. J'étais jalouse. Mais à moi, il taillait et cousait des habits de poupée, il me fabriquait des meubles, il me lisait *Babar*, il m'emmenait au cinéma le samedi après-midi. D'une drôlerie irrésistible, je l'ai vu faire rire les infirmières en salle de réanimation alors qu'il était entre la vie et la mort. Elégant, costumes sur mesure, cravates en soie, il aimait plaire. Sa bonhomie éclairait le monde. « Tu vois le monde avec des lunettes roses », lui reprochait ma mère. Pourtant, sensible et même susceptible, il pouvait décocher une flèche qui frappait juste et vous mettait les larmes aux yeux. Ma sœur et moi, nous l'adorions.

Né à Rosheim près de Strasbourg, avant-dernier d'une famille de sept enfants, il avait été un enfant timide. Mon grand-père Samuel, un marchand de tissus et de meubles qui préférait le violon aux affaires, l'avait retiré du collège à la fin de la quatrième parce qu'il devait redoubler. Sa culture d'autodidacte soutenue par une mémoire infaillible m'éblouissait. Il n'aimait pas l'école, il aima encore moins l'usine où il travailla d'abord. Puis il vint à Paris et entra comme garçon de bureau dans une société immobilière. Il distribuait le courrier. Il gravit les échelons un à un et en devint l'un des directeurs. Quand il prit sa retraite, ses collègues lui offrirent un fusil. Il n'avait jamais chassé. Après un délai de décence, il en fit cadeau à son voisin à la campagne qui s'appelait Robert comme lui.

La star, à la maison, c'était ma mère. Même si, je ne l'ai compris qu'à la mort de mon père, elle avait besoin pour briller de cet homme passionnément aimé. Nous avons grandi dans l'écho de ses histoires à elle, Chauvigny, Berlin, *Erlkönig*, Kurfürstendamm, Claire Mauriac, etc. De mon père, nous ne savions qu'une chose : il avait été prisonnier. Même pas déporté. Prisonnier de guerre. Dans les films, les prisonniers s'évadaient, comme Steve McQueen dans *La Grande Evasion*. Mais lui, non. Quand je lui demandais pourquoi, il me répondait : « On ne pouvait pas. » C'est tout. Je lui en voulais un peu. Il aurait pu au moins inventer quelque chose, je ne sais pas, par exemple : « J'ai essayé, un jour, avec des copains, on a fait un plan et au moment où j'allais sauter sur la sentinelle… », ou bien : « Une fois, nous nous sommes échappés, Paul et moi, on a franchi les barbelés, on avait préparé notre coup, tu penses, mais les Allemands ont lâché les chiens et ils nous ont rattrapés… » Non. Rien. Il fallait me rendre à l'évidence. Mon père n'était pas un héros. Dans les films, il aurait plutôt été le gars malin qui fait rire les autres et ruse avec les gardiens. Par exemple, quand les Allemands avaient demandé qui s'y connaissait en chevaux, il avait dit : « Moi. » Il n'avait jamais approché un cheval de sa vie. Mais cela lui permit de trouver une planque pendant quelque temps. Il faisait exprès de passer dans la merde avec sa charrette pour arroser les Allemands. Ça l'amusait. Les gardiens leur donnaient des cigarettes : « Il y avait de braves types parmi eux. Comme partout. » Bref, il voyait le monde avec des lunettes roses.

Chaque année, on allait au Bal des Prisonniers. Les dames portaient des étoles de vison ou des manteaux d'astrakan. Mon père retrouvait ses copains, Acher, Paul, Prosper, Henri… Ils disaient « copains », et pas « camarades » comme les communistes. Leur amitié est restée intacte jusqu'à la fin. Acher et Paul sont morts le même jour, quelques semaines après mon père. Les épouses s'aimaient bien. Ils dansaient. Les hommes invitaient les femmes des autres. Papa et maman faisaient leur numéro, valse à l'envers et tango impeccable. Les petits couraient autour des tables. Moi, je m'ennuyais. Sauf quand papa me faisait danser, bien sûr. Sourire fendu jusqu'aux oreilles, crampes dans les bras, j'essayais de caler mon pas sur le sien sans marcher sur ses chaussures.

De sa vie au camp, nous n'avons jamais su grand-chose. Quelques mots de sa traversée de l'Allemagne, à la Libération, encore vêtu de sa tenue de prisonnier. « Les Schleus avaient peur quand ils nous voyaient. » C'est tout. Et la faim. Un soir, il a sorti un petit carnet d'un tiroir et m'a dit : « Tu vois, c'est mon journal de prisonnier. J'y notais des menus ; ça m'aidait à tenir. » Les femmes aussi lui manquaient. A vingt ans, c'est dur.

Ce petit carnet, je l'ai volé après sa mort. J'ai profité d'un moment d'inattention de ma mère qui me suivait toujours pas à pas dans l'appartement. J'ai fouillé dans le tiroir et je l'ai trouvé, entre les piles de mouchoirs à ses initiales. Il est là devant moi, ce petit carnet à toile grise déchirée, aux feuillets jaunis. En quatre ans, je n'ai jamais osé l'ouvrir. De quoi avais-je peur ?

En juillet 2001, il a souhaité revenir à Rosheim. Il nous a emmenés au Struthof, le seul camp d'extermination français, construit à l'origine pour les condamnés politiques, les républicains espagnols. Il avait plu, les marches étaient glissantes, nous suivions les groupes de visiteurs, beaucoup d'Allemands, des familles entières. Plus tard, mon père m'a dit : « J'ai appris l'espagnol avec les déportés de Mauthausen quand on travaillait ensemble dans les carrières. » Il n'a rien dit de plus. Je n'ai pas posé de questions, je pensais le faire plus tard. Il n'aimait pas parler du passé. Selon lui, ça ne servait à rien.

Et puis il est mort, un mois après.

Le carnet de mon père s'ouvre sur un titre : « Journal de ma captivité, commencé le 21.2.1940. » Rédigé au crayon, il s'achève le 26 avril 1945 par ces mots simples : « Ici se termine mon journal de captivité. » Dans ces deux phrases se lit son besoin de borner les événements, de les empêcher de déborder sur sa vie à venir, d'en faire un *récit*. Ces années de captivité dont il ne parla jamais sont là, déposées dans ces feuillets à petits carreaux, dans ce carnet gris-brun à la couverture déchirée. Il a dû le garder précieusement avec lui, le glisser dans la poche de sa veste, le protéger de la pluie ou de la neige. Je l'imagine dans sa chambrée, se mettant un peu à l'écart, écrivant sur ses genoux. Pas d'états d'âme, mais le décompte précis du temps, des dates, des lieux, de la température, du contenu des colis en kilos, en grammes, en nombre de cigarettes, en litres de lait… Je n'ai pour le suivre que mon imagination, des images de films, quelques photographies. La nourriture y occupe la première place : listes de denrées dans les colis de la Croix-Rouge, menus de Noël ou du nouvel an, etc. Le 25 décembre 40, au camp de Krems, l'infecte soupe aux choux s'agrémente de viande. Le 1er janvier, les prisonniers touchent :

1 boîte de singe
1 boîte de lait pour 3
1 boîte de pâté pour 8

En mars et avril 41, ils ramassent des pissenlits, entre deux bourrasques de neige. Jamais mon père ne se plaint. Quand il a faim, il note : « nourriture peu abondante ». Au camp de Neunzen, non loin de la frontière tchèque, « l'ordinaire » est « dégoûtant », la discipline stricte et le travail très dur. Quelques mois plus tard, on l'envoie travailler dans un autre camp, cette fois il faut marcher chaque jour une vingtaine de kilomètres pour rejoindre la forêt. Puis on le nomme serrurier à la Kommandantur. Très peu de temps, trop d'histoires avec le chef de camp allemand. Le voici manœuvre. Il fait glacial, il souffre de diarrhées et de rhumes. Mais il touche de bonnes chaussures – essentiel – et travaille au « camp russe ». Les repas de Noël et du nouvel an 41 sont de véritables festins qu'il détaille à plaisir. « On mange comme des rois. »

De « bons bouteillons », note-t-il aussi. Ces « bouteillons » ne sont pas des bouteilles de vin, mais des rumeurs que les prisonniers se transmettent de bouche à oreille et qui, le plus souvent, proviennent de la cuisine où travaillent civils et Polonais. Quels sont les bouteillons en ce 1er janvier 1942 ? Bientôt, la température chute à - 28°, puis - 35°. Il travaille dans les carrières. « Semaine très dure. Travail toujours pareil. Ai vu cette semaine beaucoup de copains qui sont mieux que nous. » Le dégel commence début mars. Il revient à Neunzen, camp des « spécialistes ». Le logement, la nourriture sont meilleurs, la discipline moins stricte. Le 13 mars 1942 : une évasion, celle d'un nommé Krims. Il est repris le 17. On ne peut s'évader autour de Mauthausen, la population vous dénonce. La neige a fondu, il fait presque beau. Mon père reçoit une paire de chaussures neuves de son frère. Un cadeau du ciel, quand on doit marcher des kilomètres dans la neige ou la boue. L'été, beaucoup vont nu-pieds, pour économiser leurs chaussures. Conséquence sans doute de la tentative d'évasion, plusieurs fouilles se succèdent : la première dure trois heures, la seconde cinq heures. Mon père travaille douze heures par jour, avec pour toute nourriture une soupe et un morceau de pain. Il n'a pas la chance des copains employés dans les fermes, qui sont parfois bien traités ou peuvent dérober de la nourriture. Heureusement, il y a les colis : ceux de la Croix-Rouge qui désormais contiennent des produits américains ou anglais, et même, une fois, vingt cigarettes turques ; ceux, rares, de ses parents, réfugiés à Clermont-Ferrand ; ceux de son frère Georges, ou d'amis de la famille. Ces colis n'améliorent pas seulement l'ordinaire ; ils sont la preuve qu'on pense encore au prisonnier, quelque part, très loin. Un lien avec l'avant, un signe pour l'après.

Mon père travaille maintenant dans la carrière de Germanns, un travail de nuit de dix-sept heures à six heures du matin, qualifié de « très dur ». « Je suis fatigué », constate-t-il. Puis il retourne au camp russe.

« C'est une habitude. » Ce travail au camp russe se prolonge, il fait équipe avec des cochers alsaciens. Le pain manque, mais la nourriture semble meilleure. Des colis encore. Le froid, les tempêtes de neige. Que leur apportera 1943 ? s'interroge-t-il. La « classe » peut-être. Qui vivra verra, note-t-il, prudent. Il a de bonnes nouvelles de sa famille. Il est toujours cocher, son travail lui plaît. Il attend, il espère.

Le 11 juillet 43, les Américains ont attaqué la Sicile, la fin de la guerre ne saurait être loin... Il consigne au jour le jour l'avance des Alliés, les défaites des Allemands en Russie. Comment le sait-il ? La radio allemande, ou la BBC captée par un prisonnier bricoleur, comme dans certains camps ? Le 1er janvier 1944, prévoyant, Robert se met à apprendre l'anglais. Des Anglais font un bref passage au camp. Les prisonniers touchent leurs premiers colis américains. En avril 44 lui est retournée une carte envoyée à sa sœur préférée, Marthe. « Nouvelles de chez moi pas excellentes », écrit-il sans précision. Marthe est déportée avec ses deux petits garçons. Son mari a été arrêté deux ans plus tôt. Il l'ignore, il l'apprendra à son retour.

Le 20 octobre 1943, il quitte le camp de Neunzen pour Sankt Georgen an der Gusen, l'un des camps annexes de Mauthausen. Il pose des câbles douze heures par jour sous la neige, la nourriture est « peu abondante », « on arrive tout juste à tenir ». Il ajoute : « On a été plusieurs fois sous des bombardements terribles. Mais depuis quelques jours, on espère de nouveau. » Le travail aux câbles est remplacé par un travail à la gare. A Gusen, destination finale des déportés des camps alentour. La firme Messerschmitt fait construire sous terre une usine géante d'armement, hors de portée des bombardements. 38 000 personnes mourront dans ce camp. C'est à Gusen que mon père a travaillé avec les déportés. Enfin, je le suppose, car il n'en dit rien dans son carnet. A la gare, il voit les trains arriver.

Puis ce sera le départ de Sankt Georgen. Traversée de la Bavière sous la garde des sentinelles allemandes, puis de Nuremberg sous les bombes. Logement dans des baraquements surpeuplés, une assiette de soupe par jour. Pas de courrier, plus de colis depuis des mois. « Je tire au c... un maximum », fanfaronne-t-il. Logés dans un asile de fous, dans un manège, puis dans les caves d'une fabrique de bière, à Steppert, pour se protéger des tirs d'artillerie incessants.

Le 26 avril 1945, enfin, à 4 heures 30 du matin, cris de joie, les Américains sont là, les sentinelles allemandes sont arrêtées. La fin de la captivité.

C'est alors le lent retour vers la France, le défilé interminable des camions américains, les étapes chez les paysans allemands, qualifiés tantôt de « très gentils », tantôt de « charmants », l'attente du rapatriement. Le 9 mai, il note : « L'armistice est signé depuis deux jours. On part pour la France. »

« Tu ne sais pas ce qui se passait en France, tu étais dans ton camp », lui faisait remarquer ma mère. Et ce camp, au nord-est de l'Autriche, le pays où nous allions en vacances, s'apparentait dans mon esprit à une villégiature un peu rude. Avoir été en « captivité » lui retirait le droit à la parole, le droit à la souffrance et à la peur. Quand j'ai demandé à Pierre Daix, survivant de Mauthausen, s'il avait le souvenir de prisonniers de guerre ayant travaillé avec les déportés, il m'a répondu sèchement : « Les déportés et les prisonniers n'avaient rien à voir. » Je suis revenue à la charge, et il a admis que des prisonniers travaillaient parfois avec les déportés en dehors du camp ou dans des camps annexes. Bien sûr, leurs conditions de vie, si l'on peut dire ainsi, étaient radicalement différentes. Bien sûr.

Mais mon père avait été sur le bord du chaudron, il avait vu. Il se taisait. La captivité lui avait évité le pire. De ces cinq années de détention, de travail souvent harassant, de froid, de faim et d'humiliation, il n'avait voulu retenir que les petits bonheurs, ce qui remplit l'estomac et le cœur. Je le reconnais bien là : il avait choisi de voir le monde en n'en gardant que la fleur.

Dans l'hôtel particulier qu'Alain Delon a fait aménager avenue de Messine, une Romy toute fière fait visiter à son ami Jean-Claude Brialy, qu'elle appelle papa, la future chambre d'enfants. La rupture avec Alain Delon survient à l'automne 1963, alors qu'elle est enfin « sur un nouveau barreau de l'échelle ». Grâce à Luchino Visconti qui lui a confié un rôle de bourgeoise sensuelle dans *Boccace 70*, son image a changé. Coco Chanel l'a prise en amitié et lui a inventé une silhouette plus parisienne et plus moderne. De grands metteurs en scène la demandent enfin. Après le rôle de Leni dans *Le Procès* d'Orson Welles, l'homme dont elle était amoureuse à dix ans, et le projet de *L'Enfer* de Henri-Georges Clouzot interrompu par la mort soudaine du réalisateur, elle tourne avec Otto Preminger *Le Cardinal*. Né à Vienne, Preminger a fui le nazisme aux Etats-Unis. Le film a pour toile de fond cette période. Romy, pour la première fois depuis l'enfance, déjeune avec Magda et Wolf. Son père accepte un petit rôle à son côté dans le film. Les photos témoignent d'une Romy heureuse, riant aux éclats.

La lettre de rupture d'Alain lui parvient à Holly-wood où elle tourne une comédie, *Prête-moi ton mari*, titre à l'ironie tragique quand la liaison d'Alain et de Nathalie Barthélemy, sa nouvelle conquête, s'affiche à la une de tous les magazines. Son jeu aux côtés de Jack Lemmon manque de légèreté... Les Américains l'appellent « Miss Worry ». Elle traverse l'une des périodes les plus difficiles de sa vie, fait une nouvelle tentative de suicide et subit le déchaî-nement de la presse du monde entier, à l'affût du moindre signe de faiblesse. Où qu'elle aille, on la traque, on brandit un micro, les flashes crépitent. Elle est redevenue une star.

La presse allemande se montre impitoyable, lui reproche de ne pas vouloir parler sa langue mater-nelle et de rejeter tout ce qui rappelle sa germanité. N'a-t-elle pas affirmé : « Ma patrie est en France. Je veux être complètement française dans ma manière de vivre, d'aimer, de dormir et de m'habil-ler » ? Les insultes pleuvent : « L'ancienne coque-luche du cinéma des mamies allemandes », « la demoiselle d'honneur congédiée du cinéma alle-mand ». Un hebdomadaire parle même de « trahison nationale ». On fait payer cher à l'ex-enfant chérie ce reniement qui blesse un pays en pleine reconquête de sa fierté. En retour, elle est profondément meur-trie par ces réactions. On oublie qu'elle est toujours allemande, et l'on recueille les confidences d'un Blatzheim qui n'a pas l'intention de laisser passer cette occasion de faire parler de lui en accablant Alain Delon. Hors d'elle, Romy le prend violemment à partie : « Tu me dégoûtes. Je te hais. Je ne connaissais pas ce sentiment. »

Pourtant, c'est auprès de sa mère et de son beau-père qu'elle se réfugie à Noël, écartelée entre sa dépendance affective et son indépendance professionnelle. Elle n'a personne d'autre.

Elle rentre en France. Elle est une vedette, comme on dit alors. Elle habite un appartement avenue Hoche avec femme de chambre, chauffeur, secrétaire, attachée de presse. Lorsqu'elle part en vacances, c'est sur le yacht du producteur Sam Spiegel ou, plus tard, dans la maison d'Elizabeth Taylor à Mexico. Coiffée par Alexandre, habillée par Chanel chez qui, un jour de déprime, elle peut acheter sept tailleurs à la fois, elle mène cette existence autiste des stars, coupée du commun des mortels. Ses lunettes noires matérialisent l'absence d'un regard qui traverse les autres sans les voir, lunettes d'aveugle de la créature vue de tous et ne s'intéressant à personne. Avec le temps, elle devient même agoraphobe, comme ceux qui ont été adulés trop tôt. Autoritaire, tyrannique même, surtout avec ceux qu'elle aime, exilée dans un univers où le principe de réalité n'obéit plus aux règles communes, sa gentillesse naturelle cède le pas à la toute-puissance. Elle veut aller à Collioure ou à Monte-Carlo, c'est tout de suite, même en pleine nuit. Elle débarque chez vous et veut parler toute la nuit en buvant du vin. Qu'importe que vous tombiez de sommeil ou deviez travailler le lendemain. Elle est une reine. « *Sie ist der absoluteste Mensch, dem ich je begegnet bin. Hier ! Heute ! Jetzt ! Sofort ! Alles ! Oder nichts !* » écrit Alice Schwarzer. « Elle est l'être le plus absolu que j'aie jamais rencontré. Ici ! Aujourd'hui ! Maintenant ! Tout de suite ! Tout ! ou rien. »

Mais ce caractère entier va de pair avec un manque absolu de confiance en soi que la moindre épreuve, la moindre contrariété, la moindre critique transforme en ornière. Les doutes la rongent. Elle ne sait y faire face qu'en se raidissant, en exigeant encore plus des autres et d'elle-même. En elle, jusqu'au bout, une petite fille abandonnée cherche à capter l'attention d'un père absent, d'une mère indifférente. Romy Schneider ne cesse de se confronter à des hommes à qui elle donne tout pouvoir sur cette petite fille, des hommes à qui elle demande confirmation de sa nullité. « J'ai besoin de force. D'un homme qui me fait violence, qui me jette à genoux. Jusqu'ici je ne suis tombée que sur des faibles. Nous étions deux à japper ! Il faudrait qu'un plus fort me prenne en main, qu'il me mate, qu'il me brise jusqu'aux os. Mais un tel homme existe-t-il ? » s'interroge-t-elle dans son journal en janvier 1965.

La réponse ne tarde pas. En avril elle rencontre Harry Meyen à Berlin, où elle est venue pour l'inauguration des restaurants de son beau-père.

J'ai beau avoir l'expérience de ses étés étouffants, Berlin évoque pour moi une ville glacée. Voilà près de vingt ans que le Mur est tombé, mais dans mon esprit la capitale allemande est encore cette enclave dans les plaines prussiennes, une étendue traversée par une autoroute où il est hors de question de s'arrêter, puis un poste frontière, à nouveau la route, et enfin les faubourgs. Berlin et son métro qui fonce le long de quais plongés dans l'obscurité, stations de l'Est comme rayées de la carte. La première fois, il y aura bientôt trente ans, je ne comprenais pas cette histoire de métro fantôme, j'avais oublié que le Mur n'avait pas toujours existé et qu'il fut un temps où les rames s'arrêtaient à Friedrichstrasse. Berlin est une ville en perpétuel devenir, sans cesse détruite et reconstruite. Berlin n'aime pas le passé.

C'était en février. Des congères encombraient les avenues. Des formes imprécises à la tombée de la nuit, des immeubles obscurs, des tas de glace couverts de neige sale le long du trottoir glissant où l'on avançait en file indienne à la lumière des réverbères. Sur la chaussée, on pataugeait dans la boue. Les avenues sans horizon, les immeubles en briques, les rues éclatées par le gel en faisaient une ville emmurée, hors du temps, paysage d'après-guerre ou métropole de science-fiction.

J'étais venue rendre visite à ma sœur, assistante dans un lycée allemand. Nous marchions beaucoup, sortions tard le soir et rentrions par le métro désert. Dans la rue, le froid me brûlait le visage, nous passions les soirées avec ses amis dans les cafés enfumés ou les logements d'étudiants mal chauffés de Kreuzberg. Dans l'appartement qu'elle partageait avec deux autres filles, les briquettes de tourbe tiédissaient à peine les poêles en faïence. Une odeur métallique imprégnait les vêtements, dans ma mémoire elle se mêle à l'odeur des petits déjeuners qui s'éternisaient, moments d'amitié dans la fumée des cigarettes. Berlin dans les années 70 était le refuge de tous les marginaux, on pouvait échapper au service militaire en y résidant, et croyez-moi, ils étaient nombreux les jeunes Allemands qui ne tenaient pas à marcher sur les traces de leurs pères.

Un jour, nous avons cherché l'immeuble du Kurfürstendamm où maman avait travaillé entre 45 et 47. Il semblait avoir été reconstruit, rien ne ressemblait au Berlin dont elle nous avait parlé. Nous avons voulu nous prendre en photo devant l'entrée du 96, mais nous avions oublié notre appareil. Il y avait tant d'autres choses à faire ! On écoutait Patti Smith et Nina Hagen, on allait à l'Opéra pour quelques sous, les uns peignaient, les autres faisaient de la poterie, les amours s'inventaient. La vie pulsait, on pouvait imaginer ce qu'avait été le Berlin des années 20 du côté de Savigny ou d'Alexanderplatz. La plupart des jeunes vivaient en communauté ou en colocation, des pièces gigantesques où il faisait si froid au petit matin, quand la tourbe s'était consumée en cendres brunâtres… Paris semblait bourgeoisement étriqué à côté de cette vie pleine de possibles. J'aimais le côté déchiré de Berlin, son absence de beauté qui n'était pas de la laideur. Le Mur, on butait dessus au détour d'une rue ou d'une impasse. L'autre côté était mystérieux, ces immeubles détruits, cette poussière grise, ces tours en béton. Une Ville Interdite qui faisait planer comme un danger, où nous nous rendions pour quelque heures avant de rentrer dans notre *West Berlin*. Les chiens et les tireurs veillaient de chaque côté du Mur. Parfois des photos montraient un cadavre suspendu ou écrasé.

Je n'ai pas vu que, sous la liberté apparente des Allemands qui atteignaient l'âge adulte en faisant durer l'adolescence le plus longtemps possible (petits boulots, voyages lointains, mouvements alternatifs), se cachait souvent le désarroi. Telle étudiante qui cultivait le style Janis Joplin, boucles et lunettes rondes, vécut ensuite avec un Portugais qui la battait, telle autre eut un enfant d'un Africain qui l'abandonna, telle autre, droguée, se suicida après une liaison avec un Turc qui la maltraitait. Des étrangers du Sud, jamais d'Allemands. S'en rendaient-elles compte ? J'ignore ce qu'elles expiaient. Mais c'était dur. Comment aurais-je pu savoir alors que le père de l'une avait été nazi, le grand-père de l'autre directeur d'une clinique pour handicapés mentaux, ces *Untermenschen*, les premiers exterminés ?

J'eus pour ma part une aventure avec un garçon allemand, prussien même. Il tenait à cette précision et elle ajoutait à notre histoire une note romantique dans la tonalité du *Coup de grâce*, la nouvelle de Marguerite Yourcenar adaptée au cinéma par Volker Schlöndorff et Margarethe von Trotta. On comprendra que je ne vivais pas dans la réalité mais dans une sorte de rêverie romanesque. Karlheinz – le prénom du partenaire de Romy dans *Sissi*, je ne m'en avise que maintenant – était assez beau pour que les femmes se retournent sur lui. Très brun, les yeux noirs, il n'avait rien de la caricature du Prussien, si ce n'est la stature et la fierté. Il avait fait des études d'histoire et conduisait un taxi pour gagner sa vie. J'ai troqué l'U-Bahn contre sa vieille Mercedes noire, et pendant deux ou trois jours nous ne nous sommes plus quittés. Notre couple était à la fois évident et contre nature. Cette symétrie dont nous ne parlions jamais – le Prussien et la Juive –, que nous aurions eu honte, l'un comme l'autre, de seulement remarquer, était source de désir. Désir aussi bien d'en finir avec ces vieilles histoires que de les revivre pour mieux les effacer. Un constat : le passé est le passé, nous sommes différents de nos parents. Mais aussi, l'attirance pour l'ennemi d'hier, le désir qui sourd de l'interdit. Karlheinz n'avait pas besoin de cela pour me plaire. Et j'aurais protesté contre la moindre allusion à nos origines. J'appartiens à une génération qui chantait encore « Du passé faisons table rase ». Mais je sais aujourd'hui que ce passé donnait quelque chose de poignant à nos baisers. Comment aurait-il pu être tout à fait étranger à notre aventure ?

Je me souviens d'un dîner dans un restaurant grec, le vin résiné, la tablée, les rires dans l'ambiance surchauffée. Je suivais confusément les conversations que je comprenais mal. Je laissais traîner mon regard, saisissant au passage un geste de Karl, la main allumant la cigarette, le visage un peu penché, les yeux mi-clos en aspirant la fumée. Nos regards se sont croisés. Dans le sien, j'ai lu une complicité grave et courtoise. Quelque chose aussi comme une prière. Nous sommes sortis du restaurant dans la nuit glacée. J'ai respiré profondément. Il a mis son bras autour de mes épaules. Nous avons continué ensemble.

Je devais partir le lendemain. Karlheinz m'a accompagnée en voiture à l'aéroport de Tegel. Et il a accompli ce petit miracle, de l'inédit, a-t-il souligné, pour un Prussien : nous sommes arrivés en retard. J'ai raté mon avion. Nous sommes repartis, joyeux de ce sursis de quelques heures. Le soleil brillait sur le Wannsee gelé. Nous avons marché dans la neige. Puis je suis rentrée à Paris.

« Je rêve toujours d'un homme qui s'éloigne de plus en plus. J'ai toujours huit ans et je suis près de ma mère à Vienne. Ma mère me dit que mon père nous a quittées parce qu'il aimait d'autres femmes. Des femmes de chambre. Et brusquement, tu viens, tu me souris, mais j'ai toujours huit ans et toi quarante. »

Cette réplique tirée du film de Pierre Granier-Deferre, *Une femme à sa fenêtre,* doit sans doute beaucoup aux confidences de Romy Schneider. Cet homme de la quarantaine en costume-cravate et lunettes d'écaille, elle le rencontre à Berlin, le 1er avril 1965, lors de l'inauguration des restaurants de son beau-père. C'est Magda qui a invité Harry Meyen, un comédien, directeur de théâtre et metteur en scène que la pièce *Des clowns par milliers* a rendu célèbre. Il a quatorze ans de plus que Romy et une réputation d'intellectuel malgré sa carrière au théâtre de Boulevard et ses petits rôles au cinéma. C'est le coup de foudre. « J'ai enfin trouvé l'homme qui m'aimera jusqu'à la fin de mes jours », déclare-t-elle à la presse quelques mois plus tard, dévoilant une fois de plus son rêve de midinette. Qu'importe si Harry est marié à la comédienne Anneliese Römer et n'a pas l'intention de la quitter. Rien ne résiste à la Schneider quand elle désire. En décembre, Harry quitte son épouse et en mai 1966, il divorce. Un divorce qui coûte cher à Romy : 200 000 DM. Mais elle a l'habitude de payer. Ils se marient discrètement le 15 juillet 1966 à la mairie de Saint-Jean-Cap-Ferrat où la veille, devant les objectifs du monde entier, la gloire nationale Brigitte Bardot a épousé le playboy allemand Günther Sachs.

Cette fois le grand amour de Romy n'emprunte pas les traits de son père. Pas de voyou à la Buchholz ou à la Delon, le pied à fond sur l'accélérateur de la vie. Harry Meyen, de son vrai nom Harald Haubenstock, est un homme blessé.

Vingt ans plus tôt, le 3 mai 1945, il a été libéré par les Américains du camp de concentration de Fuhlsbüttel, près de Hambourg, où il a passé deux ans. Son père y est mort. Harald Haubenstock est « demi-juif », *Mischling 1*, pour les nazis. Il a été arrêté à dix-huit ans par la Gestapo. Ce Tchèque ne sera naturalisé allemand qu'en 1954.

Il ne se remettra jamais de la déportation.

Le 3 décembre 1966, Romy Schneider met au monde son premier enfant, David Christopher Benjamin Haubenstock. Elle a quitté la France, elle revient vivre en Allemagne. Ce retour dans sa patrie est une seconde naissance. Le couple s'installe à Grunewald, un quartier résidentiel de Berlin, dans un appartement de quatre pièces. Un nouveau rôle pour Romy, celui de femme au foyer. Elle ne sait pas faire cuire un œuf sur le plat mais se dit comblée, multi-pliant les déclarations à la presse : « Meyen m'est tellement supérieur ! Il me donne une toute nouvelle assurance. J'ai besoin d'un homme qui décide ce qui est bien pour moi… Je suis enfin en sécurité. Je n'ai plus cette ambition maladive de jadis. Je peux même envisager de quitter le cinéma. » On songe aux professions de foi de Marilyn Monroe après son mariage avec Arthur Miller. Même image dégradée de soi, même manque pathétique de confiance et de lucidité. Même besoin d'être rassurée par un homme plus âgé et admiré pour ses qualités intellectuelles. L'homme de théâtre juif comme grand Autre pour ces deux actrices, persuadées qu'elles ne seront jamais capables de faire leurs preuves sur scène ? Romy Schneider dont la grand-mère, Rosa Retty, quittera les planches à plus de quatre-vingts ans, rêve d'interpréter *Mademoiselle Julie* sous la direction de Harry Meyen. Ce projet n'aboutira jamais. Son expérience théâtrale se limitera à la pièce mise en scène par Visconti, et à une tournée de *La Mouette* de Tchekhov, avec la troupe de Pitoëff, en 1962.

Voici donc Romy heureuse installée dans sa vie bourgeoise de Berlin, avec son mari juif et son petit David. « J'ai enfin un vrai rôle ! » s'émerveille-t-elle, comme si l'amour maternel ne pouvait s'exprimer qu'en termes de rôle. Sans doute aussi est-elle encore elle-même trop enfant. Son sentiment d'infériorité trouve son répondant dans l'attitude supérieure de Harry. Elle a quitté l'école à quinze ans, elle est peu cultivée, elle doute d'elle-même. Qu'à cela ne tienne ! « Harry expliquera. » Il la reprend en public, corrige ses fautes de syntaxe et assoit sa suprématie de mâle dominant sur une Romy qui renonce à son seul domaine d'excellence, le cinéma. Avec une humilité reconnaissante, elle accepte les leçons. C'est si facile pour un homme de la convaincre qu'elle ne vaut rien… Ils ne se quittent pas. Elle se couche avec lui en pleine journée quand les crises de migraine et de dépression de Harry l'obligent à augmenter les doses d'Optalidon et d'alcool. Elle partage ses insomnies et ses somnifères. Elle retrouvera ce cocktail mortel dans les moments difficiles de sa vie.

Son père meurt à l'âge de soixante ans, puis Blatzheim. Wolf Albach-Retty, terrassé par une crise cardiaque, a fini ses jours misérablement. Romy a perdu toute chance de mieux le connaître. Elle règle la note d'hôpital. Quant à Hans Herbert Blatzheim, son affaire est débitrice de plus d'un million de francs suisses à sa mort. On saisit même les bijoux de Magda. Bien sûr, Romy paie. Elle paie pour tout. Elle paie toujours.

Avec Harry, elle paie même de sa personne. Au bout de deux ans les plateaux finissent par lui manquer. Elle accepte un ou deux films, mesure à quel point sa gloire est passée. On est vite oublié dans ce milieu. Son mari l'encourage, mais la suit pas à pas. Il la contrôle, la censure et se prend au jeu de Pygmalion. Méprise ses « petits films », lui qui met en scène des pièces de Boulevard, et n'a pas de mal à la convaincre que, sans lui, elle n'est rien ou pas grand-chose. Un nouveau Blatzheim ?

Cette femme qui travaille depuis l'âge de quinze ans, qui gagne sa vie et a toujours choisi ses amours

sans tabou, affirme en 1968 : « Je ne crois absolument pas à tous les discours sur l'égalité entre
l'homme et la femme. Et je tiens pour très importants
certains détails de la vie quotidienne. Harry par
exemple aime se promener, moi pas du tout. Mais je
me secoue et je le suis à bicyclette. Quand je ne
travaille pas, je cherche, tout à fait spontanément, à
régler ma journée sur celle de mon mari. » Ces pro-
clamations de dépendance, il faut en mesurer la dis-
cordance en plein mouvement des femmes ; la force
de reniement de soi aussi, et peut-être le martèlement
de ceux qui ont besoin de se convaincre. Deux rêves,
deux personnalités cohabitent en elle. Jamais elle ne
parviendra à les concilier. Il ne s'agit pas seulement
de son impuissance à faire coïncider sa vie de femme
et son métier d'actrice, mais de quelque chose de
plus profond, d'un combat intime entre ce qu'elle
est et ce qu'elle *devrait* être. En janvier 1965, elle
écrit : « *Elle* est toujours là. Elle, c'est l'autre. Les
yeux grands ouverts, elle regarde dans la nuit. Elle
m'injurie, elle rit, elle pleure. Elle a toujours une
main sur mon épaule. Elle me surveille sans cesse.
Elle me reproche toutes mes fautes, une fois, deux
fois, trois fois. Je ne peux me débarrasser d'elle, mais
je la hais. L'homme que j'aimais me disait toujours :
Laisse-toi aller une bonne fois, abandonne, jette-toi
à l'eau… Il avait raison. Tout me dégoûtait. Si seulement je tuais l'autre. Un jour je le ferai. »

Mais jamais elle ne viendra à bout de l'Autre.
Quelque chose a été écrasé en elle, depuis longtemps.
C'est l'Autre qui finira par gagner.

Un jeu pervers semble se dérouler, au fil des

années, entre Harry et Romy. Lui, le juif humilié, l'humilie à son tour. Elle gobe avidement l'hameçon. « J'ai toujours voulu devenir une star mondiale mais je n'en suis jamais devenue une », écrit-elle dans son journal en mars 1968. Deux événements vont en décider autrement.

D'abord, Harry pousse le jeu trop loin. Il lui lance en public son mépris à la figure, alors qu'ils sont en vacances chez Axel Springer, le magnat de la presse allemande. « Les Américains étaient-ils vraiment obligés de bombarder les Allemands pour les sauver d'eux-mêmes ? » s'interroge Romy à haute voix. « Ma femme se prend la tête avec des questions bizarres, commente ironiquement Meyen. Mais elle regarde aussi les actualités. Elle adore Willy Brandt et lit même de temps à autre un journal. » Au lieu de l'aider, il la démolit en ridiculisant ses efforts : « Peut-être un jour parviendra-t-elle à donner une interview cohérente… » Sa jalousie – on parle d'une liaison entre elle et Willy Brandt, le premier chancelier à avoir combattu les nazis sous un uniforme étranger – et ses propres échecs professionnels le rendent odieux. Il a la méchanceté des aigris. Comme avec Blatzheim, Romy réagit d'un coup avec une violence décuplée. Elle part. Sa révolte est le premier pas vers l'estime de soi, même si elle retrouve Harry Meyen peu après. Le second, c'est à nouveau Alain Delon qui lui permet de le franchir. Il l'impose à Jacques Deray pour jouer à ses côtés dans *La Piscine*. Le 12 août 1968, sous les flashes des photographes, Alain vient à nouveau l'attendre à sa descente d'avion à l'aéroport de Nice. Mais cette fois, c'est lui la star.

La femme de trente ans qui sort de la piscine, resplendissante de sensualité, va renaître comme si, pour nourrir son identité fracturée, elle avait besoin de ces personnages de fiction. La cohérence qui lui manque, une fois de plus, elle va la chercher dans le kaléidoscope des rôles auxquels elle prêtera sa chair et finira par se donner. Quant au rêve du foyer, de la maison avec les enfants, le rêve de l'histoire simple, il est en train de capoter. La carrière de Harry Meyen bat de l'aile. Il boit de plus en plus, abuse des tranquillisants. On fait de lui un monsieur Schneider, l'ombre de la star que redevient peu à peu Romy. Il la suit sur les plateaux, on ricane. L'équilibre s'inverse. Il est renvoyé à ses angoisses, à ses doutes. La petite fille peut se transformer en femme redoutable. *Alles oder nichts.* Tout ou rien.

Eté 1981, en Israël. Le Sinaï n'a pas encore été rendu aux Egyptiens et je m'inscris pour un *tioul*, une excursion de quelques jours. Au programme, la mer Rouge, le désert, le monastère de Sainte-Catherine et le mont Sinaï où, selon la Bible, Moïse reçut les Tables de la Loi. Exaspérée par les chansons à boire et les plaisanteries du groupe de Français, je décide à Eilat de me faire passer pour une touriste anglophone, et j'accomplis la suite du voyage en compagnie de jeunes Anglo-Saxons. Trajets en camions débâchés, marche dans le désert, halte dans un campement bédouin, bivouac sous les étoiles, escalade en pleine nuit pour assister au lever du soleil sur le Sinaï, plongée sous-marine dans des eaux bleues que ne pollue encore aucun club de loisirs : des liens se créent entre les membres du groupe. Je ne cherche pas à faire des rencontres mais à savourer ces quelques jours. Je parle peu. L'époque n'est pas encore à la déclinaison obligatoire des identités. J'aime les soirées du désert quand, enveloppés dans nos couvertures, nous contemplons en silence le ciel immense. Seul, un jeune Américain, Harry, trouble cette paix. Grand, blond, musclé, bronzé, les cheveux coupés ras, il s'exclame bruyamment et se comporte en gamin mal élevé. « *Could you shut up, please, Harry !* » hurle exaspéré le guide, un soir. Quand il veut s'installer près de moi pour dormir, je le chasse comme un insecte importun. Dans le car qui nous ramène à Jérusalem, il s'endort et il faut le réveiller à l'arrivée. Harry, son sac de marin sur l'épaule, n'a nulle part où aller. Il a l'air perdu. Je dispose de l'appartement d'un ami et je lui propose, bonne fille, de l'héberger sur le canapé pour la nuit.

A peine couchés, nous avons sombré dans le sommeil. Nous nous sommes réveillés à l'aube comme lorsque nous dormions dans le désert, et retrouvés dans la cuisine. J'ai préparé un café. Et c'est alors que Harry s'est mis à parler.

Il n'était pas américain mais allemand. D'un ton posé il m'a raconté son père nazi, pilote dans la Luftwaffe, la haine qu'il éprouvait pour lui, son besoin de venir en Israël pour savoir, pour comprendre. L'Américain caricatural qu'il avait joué était un camouflage, une vengeance aussi peut-être contre des occupants dont il gardait un souvenir détestable. A personne il n'avait osé dire qu'il était allemand. Il avait circulé partout du nord au sud d'Israël sans savoir exactement ce qu'il cherchait. La stature de ce père toujours vivant, homme d'affaires puissant, obscurcissait sa vie et l'empêchait d'avancer. Ce voyage était le premier acte libre qu'il accomplissait. Harry ne savait que faire du fardeau d'une culpabilité qui ne lui appartenait pas. Ou était-ce plutôt de la honte ? Mais comment avoir honte d'un père admiré, qui vous écrase ? D'un père héros, criminel de guerre ? Cette contradiction l'étranglait, elle faisait de lui un histrion dont le jeu consistait à se faire rejeter par tous et partout. Ses personnages le protégeaient mais l'empêchaient de savoir qui il était. La réponse était peut-être ici, en Israël, avança-t-il en m'interrogeant de son regard bleu. Nous avons parlé longtemps, ou plutôt, il a parlé et je l'ai écouté avec attention. Puis chacun est parti se recoucher.

Au réveil, nous savions tous les deux pourquoi nous étions là. Pour faire ce que, l'un sans l'autre, nous n'aurions jamais eu le courage de faire : nous rendre à Yad Vashem, le mémorial juif de la déportation. Jamais je n'avais osé. Je ne pouvais pas, pire, je ne le désirais pas. En moi, le silence était total. Le refus. Mais pas un refus clair, formulé. Non, un mur, un barrage, une résistance muette qui m'en rendait tout simplement incapable.

Sous le soleil écrasant du mois d'août, nous avons traversé l'immense dalle d'accès. A l'intérieur, tout était sombre. Nous circulions ensemble dans les salles peuplées de fantômes, sans un mot, nous arrêtant devant chaque photo, scrutant chaque visage. Harry sanglotait et serrait ma main dans la sienne. J'étais glacée, j'avançais comme une ombre au côté de ce garçon allemand dont les sosies en uniforme nazi nous suivaient des yeux sur les murs. J'avais peur. Et si on le reconnaissait ? Mais cela ne venait à l'esprit de personne. Parfois un visiteur lui lançait un regard attristé, le prenant sans doute pour un jeune juif ashkénaze. Et c'est sur le visage couvert de larmes de mon compagnon allemand que j'ai pris conscience de ma propre douleur. Mon impossible douleur, il l'exprimait par la sienne et grâce à lui, pour la première fois, je la sentais. Elle était transfusée en lui. J'avais les yeux secs, et il pleurait.

A la sortie, nous nous sommes quittés. Je l'ai regardé s'éloigner, son sac de marin sur l'épaule. Nous ne nous sommes jamais revus.

Il me reste sur mon bureau une pierre rouge, froissée et finement sculptée par l'érosion, ramassée cet été-là sur le sommet du mont Sinaï.

Romy fera le voyage d'Israël à l'occasion du tournage de *Bloomfield* avec l'acteur-réalisateur anglais Richard Harris, dont elle tombera amoureuse le temps d'un film... Passe encore qu'elle ait appelé David le fils de Harald Haubenstock. Il est plus étonnant que la fille de Daniel Biasini, son deuxième mari, ait été nommée Sarah Magdalena, comme si à travers les prénoms de ses enfants se faisait jour une identité complexe. Sentiments contradictoires qui m'évoquent ceux des juifs allemands à l'égard de leur pays d'origine. Jusqu'à la fin, les relations de Rosemarie Albach avec l'Allemagne seront marquées par la rancœur et la déception réciproques. Ces prénoms juifs sont moins le signe d'une volonté consciente que la signature de sa marginalité. Elle a franchi la frontière, elle a choisi l'exil. « *Deutscher als Deutsch* », plus allemande qu'allemande, comme l'écrit l'un de ses biographes, elle espère la réconciliation et ne l'obtiendra jamais. Elle fait tout pour qu'on lui en veuille. Ainsi, dans les années 80, elle rêve d'incarner la terroriste Ulrike Meinhof, ennemie publique de la RFA. La presse allemande se déchaîne. La *Schneiderin*

– la « couturière », comme elle aime se nommer, mais *schneiden* signifie aussi couper, tailler en pièces – répond avec son habituelle brutalité, traitant les Allemands de nazis. « Il y a toujours autant de nazis ici », déclare-t-elle à la presse, lors de la sortie de l'un de ses films. Ou bien, en 1973, à propos du film de Pierre Granier-Deferre, *Le Train* : « Je joue cela pour tirer la sonnette d'alarme contre les nazis qui, en Allemagne, ont toujours quelque chose à dire. » Allusion à Franz Josef Strauß, le député de Bavière, et à ses relations suspectes. En Allemagne, ces déclarations d'une compatriote vivant en France s'apparentent à une déclaration de guerre, et non à un simple sentiment antifasciste. Le sujet est sensible.

Mais elle fascine l'Allemagne, cette fille rebelle. Toute sa vie, elle sera *die ex-Sissi*. Adulée mais rejetée dès qu'elle cesse de ressembler à l'image stéréotypée qu'on attend d'elle. « Ce mensonge originel », selon le mot de Visconti, s'accentue quand elle se sépare de Harry Meyen et retourne définitivement en France. Et pourtant, c'est à Berlin qu'elle choisira de se marier en 1975 avec Daniel Biasini.

On a dit qu'elle avait le plus souvent choisi des rôles de victimes. Soit, mais de femmes libres aussi, de prostituées, de criminelles, de la Lily de *Max et les ferrailleurs* de Claude Sautet à la Philomène Schmidt du *Trio infernal* de Francis Girod. Elle sait si bien mettre à vif la vulnérabilité de ses personnages que le spectateur voit en eux la part sacrifiée. Non pas des victimes passives qu'on pousse vers l'abattoir, mais des femmes qui perdent le combat après s'être battues de toutes leurs forces. Des héroïnes tragiques dont elle épouse le destin avec toute sa violence, celle d'un « fauve déchaîné » selon son ami Michel Piccoli. Restent ces rôles de femmes juives ou victimes des nazis, joués avec une intensité troublante. Comment l'Allemagne profonde se reconnaîtrait-elle ? Anna, la jeune femme juive du film *Le Train*, qui fuit l'Allemagne et vit une histoire d'amour avec le Français moyen incarné par Jean-Louis Trintignant, avant de s'engager dans la Résistance française ; Clara, l'épouse violée et torturée de Philippe Noiret dans *Le Vieux Fusil*, de Robert Enrico ; Emma Eckert, inspirée de Marthe Hanau, dans *La Banquière* qu'un producteur allemand refusera parce que l'héroïne est juive ; et bien sûr Elsa Wiener, la chanteuse d'opérette allemande qui, dans *La Passante du Sans-Souci*, protège un enfant juif et se donne à un officier nazi pour tenter de sauver son mari Michel, opposant au régime.

Sa vérité est là, dans ce qui ne peut être dit que symboliquement. C'est aux victimes des nazis qu'elle s'identifie, et non à la masse des femmes allemandes. Elle est l'une des figures de la mauvaise conscience allemande. Sa propre mauvaise conscience.

Autrichienne, juive, mais jamais allemande avec un passé d'Allemande : si Romy avait interprété le rôle d'une Hanna Schygulla dans *Le Mariage de Maria Braun*, le film de Rainer Werner Fassbinder, la question de son identité se serait peut-être posée moins douloureusement. Elle a refusé le scénario. Seule exception : la Leni Gruyten de *Portrait de groupe avec dame*, tiré du roman de Heinrich Böll, son seul film allemand, dirigé en 1977 par Aleksandar

Petrovic, un réalisateur yougoslave. Pour la première fois, peut-être, un personnage la renvoie à ses origines. « Leni est très allemande. C'est un personnage qui me ressemble beaucoup. Elle sort tout d'elle-même. En ce sens je peux me dire aussi très allemande. Etre dure, précise, perfectionniste sont des qualités avec lesquelles il est difficile de vivre. » Elle a, souligne-t-elle, mis bien des choses d'elle-même dans ce personnage, elle a puisé dans son enfance, dans ses impressions. « Certes, vers la fin de la guerre, je n'avais que six ou sept ans. Mais par ma mère, ma famille, je suis très sensible à cette période. » Elle se fait projeter *La Bataille de Berlin* pour comprendre. Elle apprend. Le film, mal dirigé, sera un échec malgré le Prix de la meilleure interprète de l'année, sa seule récompense allemande. Elle n'ira pas le chercher. Elle est enceinte.

Une quinzaine d'années plus tôt, lors de la conférence de presse pour *Le Cardinal*, elle s'est ridiculisée parce qu'elle ignorait l'existence du nid d'aigle de Hitler à quelques kilomètres du chalet familial. Elle n'a plus jamais prononcé le nom de Berchtesgaden en public.

« Si monstrueusement allemande », dit d'elle Michel Piccoli avec affection, la surnommant « la Boche ».

Rien ne la met plus hors d'elle que d'entendre parler de sa discipline prussienne. Parce qu'il s'agit d'un cliché ? Pas seulement. Ces mots la blessent. Un jour que le photographe Giancarlo Botti lui en fait le compliment, vantant son exactitude, sa rigueur dans le travail, elle lui jette à la figure son verre de vin chaud, l'insulte, sort en courant et rentre une poignée de neige à la main qu'elle lui flanque au visage. Elle est hors d'elle. Elle se réconcilie vite, mais quelque chose a été assez touché pour qu'elle perde tout contrôle. La fameuse discipline a volé en éclats. Reste une susceptibilité excluant tout humour.

Cette identité douloureuse, ce mélange d'amour et de haine, n'est pas sans ressembler à celui qu'elle éprouve pour sa mère. Cette « matrie » qui ne la reconnaît pas, elle aimerait désespérément lui plaire, en être aimée. Mais toujours surgit un malentendu qui ruine ses efforts. La presse allemande devient le symbole de ce malentendu, une presse alimentée par les bavardages de Magda qui vend au kilo les confidences sur sa fille, vivante ou morte.

Romy Schneider porte une étoile de David autour du cou. Est-ce cela, avoir mal à l'Allemagne ?

Je suis retournée plusieurs fois à Berlin avec ma sœur. La ville a basculé à l'Est. Le Mitte est redevenu le centre. Les immeubles de verre et d'acier étincellent. Des boutiques de luxe, des banques, des restaurants exotiques ont remplacé les maisons grises de la Friedrichstrasse.

Nous avons nos habitudes. Nous aimons nous installer à l'ouest, sur Savigny Platz, charmante avec ses arbres et son S-Bahn, le métro aérien. On y respire encore un peu l'atmosphère des années 20. Cette fois, nous avons marché de Tiergarten à Grunewald sur les traces de Walter Benjamin, l'écrivain juif allemand, qui s'est suicidé en fuyant la France où il avait cru trouver un refuge. Grunewald, où avait habité aussi Romy Schneider avec Harry Meyen… Ourlé de lacs gelés et de forêts où glissent des skieurs de fond, Grunewald prend ses aises au sud-ouest de la ville. Villas luxueuses, immeubles cossus de deux ou trois étages, avenues bordées d'arbres poudrés de blanc, nous pataugeons dans la neige glacée. S'il ne reste aucune trace de Benjamin dans la Delbrückstrasse, pas même une plaque, le *Kindergarten* juif où se rendait le petit David Meyen existe toujours, protégé par la police. Il y règne le silence morne des banlieues de luxe. Mettons cela sur le compte de l'hiver. Mais on comprend qu'au bout de deux ans Romy Schneider ait pu s'ennuyer. Son rêve de normalité s'est écrasé dans le quotidien. Pousser un landau est une chose ; l'anonymat une autre quand, même sans foulard ni lunettes noires, personne ne fait plus attention à vous.

Nous revenons en autobus par le Kurfürstendamm. Je cherche distraitement des yeux le 96 – la numérotation des rues berlinoises obéit à des règles mystérieuses. J'ai beau savoir que l'immeuble n'existe plus, peut-être que… Et la réalité s'impose, évidente. Il est là, massif avec ses cinq étages, sa terrasse et sur le fronton, en lettres gothiques, l'inscription : 𝕶𝖚𝖗𝖋𝖚𝖗𝖘𝖙𝖊𝖓𝖉𝖆𝖒𝖒 96. Nous prenons des photos. Elle se révéleront inutilisables. Certains lieux doivent rester dans le no man's land où nous les avons rangés…

Pour les mêmes raisons, peut-être, nous nous sommes perdues sur le chemin du Musée du Judaïsme, pourtant indiqué à la sortie du métro. Des dizaines de visiteurs dans l'étrange bâtiment en forme d'étoile brisée. Des couloirs étroits et sombres qui montent en pente raide, créant une impression d'étranglement. Pas ou peu de touristes en ce mois de mars. Des Allemands, en couples ou seuls, et des jeunes, beaucoup de jeunes, par classes entières ou par petits groupes. Il faut deux jours pour le visiter, m'avait-on dit. Il nous restait deux heures avant notre départ pour la France. En une centaine de minutes nous avons avalé vingt siècles de présence juive en

Allemagne. J'ai eu le sentiment d'avoir retrouvé une famille, une patrie. Cette langue allemande que ma sœur et moi nous faisons rouler avec délectation dans notre bouche, serait-elle « une patrie même pour celui à qui la folie et la perfidie refus[ai]ent toute patrie », comme le pensait Heinrich Heine ? Ces bourgeois allemands impeccables, ces femmes au maintien digne et au visage sévère, ces patriotes qui comme mon grand-père s'étaient battus pendant la Première Guerre mondiale et comme lui, peut-être, affichaient encore leur diplôme de combattant après 1945, ces jeunes filles brunes au regard intense, ces centaines d'écrivains, d'artistes, de savants... Les tenants de l'ordre et les révoltés, les religieux et les assimilés, les libéraux qui fêtaient Noël et Hanouka (*Weinukka*) ou mangeaient du jambon avec leur pain azyme, les convertis que la Shoah n'avait pas épargnés, les *Mischling* comme Harry Meyen qui n'avaient qu'un parent *yid*, les sionistes qui avaient inventé la Palestine des Juifs, des milliers de noms : ces visages émergés du passé qui le faisaient revivre pour un instant, bouleversants parce qu'ils avaient existé, tout simplement. L'immensité de mon ignorance m'a submergée. Je ne savais pas, je ne savais pas, me répétais-je.

Et tout d'un coup, je me suis sentie fière d'eux, de moi. D'être là.

Et pourtant...

200 000 juifs allemands assassinés
275 000 émigrés
25 000 survivants en Allemagne

De ces chiffres approximatifs, je ne veux retenir que l'immense déception, l'incompréhension de ces hommes et de ces femmes si persuadés d'être des Allemands comme les autres, même si l'égalité ne leur avait été donnée que peu de temps auparavant par la République de Weimar, cette république à laquelle ils étaient si reconnaissants et qui allait laisser les pleins pouvoirs à Hitler moins de quinze ans plus tard. Pendant quelques années, ils avaient été le levain de la culture allemande, ils avaient pu croire qu'enfin ils appartenaient pleinement au Vaterland.

« *Ich bin aus dem Traum erwacht* », écrit Max Liebermann en juin 1933, exprimant le sentiment de ses coreligionnaires. *Je me suis réveillé du rêve.* Trente-cinq ans plus tard, ma génération a cru renouer avec ce rêve en proclamant : « Nous sommes tous des juifs allemands. » A son tour de se réveiller.

Mais sans rêve, comment vivre ?

C'est dans le S-Bahn, sur le chemin de l'aéroport de Tempelhof, que j'ai reconnu le mien, la nuit de la mort de mon père. Cette gare transparente d'où l'on apercevait la ville nouvelle et la coupole du Reichstag : la station de Friedrichstrasse, l'ancienne frontière entre l'Ouest et l'Est. Le rêve m'avait désigné la *frontière* qu'était *en train* de passer mon père, plus infranchissable encore que le Mur séparant les deux Allemagnes. De son périple il ne reviendrait pas.

Ainsi s'expliquait Berlin, ville qui lui était à peu près étrangère. Mon père, *personne déplacée* ? Après leur rencontre, Edith vécut encore un an à Berlin, avant de donner sa démission, le cœur lourd, en août 1947, et de rentrer en France pour l'épouser. Les documents officiels attestent bien de sa présence mais aucun ne fait état de son métier d'interprète. Engagée comme « agent auxiliaire aux fonctions de comptable » par le Commandement en chef français en Allemagne, elle finit comme chef des services généraux de la division. Sans doute faisait-elle aussi fonction d'interprète, mais sa mission comportait des responsabilités matérielles bien plus importantes puisqu'elle avait une quarantaine d'employées allemandes sous ses ordres.

Un certificat de Léon de Rosen, chef de la division des Personnes déplacées du Groupe français de contrôle, fait état de sa compétence « exemplaire ». « Elle a fait preuve dans son travail, précise-t-il, des plus grandes qualités d'initiative, de fermeté et de jugement. Dans tous les domaines (organisation et gestion des services, comptabilité, secrétariat, dactylographie) elle a prouvé ses capacités et son dévouement. Par son esprit de camaraderie, par sa bonne humeur dans le travail et par son attitude toujours parfaitement disciplinée, elle s'est attiré l'estime totale de ses camarades et de ses chefs.

« Par ses qualités morales, elle a exercé une excellente influence sur son entourage en montrant toujours l'exemple de la bonne tenue et de la bienveillance. » Toute sa vie, ma mère a conservé un double de ce certificat dans son sac à main.

Au 96 Kurfürstendamm étaient aussi regroupés les divers services de la Croix-Rouge. Des centaines de photos, soigneusement rangées dans des boîtes, racontent cette histoire. Berlin en ruine, le Reichstag détruit, des carcasses de bâtiments vides, des monceaux de pierres, des véhicules militaires dans lesquels on fait monter des réfugiés... Une excursion sur le Wannsee, un jour d'été. Il fait beau, et même chaud. Ma mère porte un turban noué sur la tête et des lunettes de soleil. Elle est assise, adossée au bastingage, en short et en espadrilles, ses belles jambes allongées devant elle. Elle rit. Des femmes jeunes, certaines ravissantes. Des hommes en chemise militaire, les manches roulées, les frôlent. On devine les plaisanteries, les flirts. Un violoniste et un accordéoniste sont de la partie, quelques couples dansent... Autres scènes : le commandant M., médecin militaire, épouse Miss O., une secrétaire anglaise. Tables fleuries, bouteilles de vin, carafes, conversations de banquet, rires encore... Ma mère, les yeux baissés sur un sourire, écoute son voisin de table. Un jeune homme mince et brun, Léon de Rosen, se lève, il porte un toast aux jeunes mariés ; on applaudit. Des soirées. On reçoit le général Koenig et madame, « la grâce même, on voyait la France », commente ma mère. Bidault, Joukov, le maréchal soviétique à la poitrine couverte de médailles, d'autres militaires russes, des montres en chapelet sur leur manche. Au 96, des histoires d'amour se nouent aussi entre étages... Deux hommes font la cour à Edith Hanau. Ils ne lui plaisent pas vraiment. « Et surtout, tu me vois les présenter à mes parents ? Ils n'étaient pas juifs ! »

La frontière existait toujours. Je la découvre à mon tour à douze ans quand ma meilleure amie me confie : « Tu sais, ma mère m'a dit que tu ne pourrais pas épouser mon frère parce que tu es juive. » Nous en sommes aussi étonnées l'une que l'autre.

M'en suis-je souvenue en épousant Pierre, un *goy* de famille bretonne et catholique ? Ces questions d'identité, il faut les aborder de face pour pouvoir ensuite les jeter par-dessus bord.

Après la guerre, mes grands-parents sont donc revenus s'installer dans la petite ville d'où ils avaient été évacués, à quelques kilomètres de la frontière allemande. Ils sont repartis de zéro. Un entêtement d'insecte qui a échappé à l'écrasement. Ma mère, en uniforme, a fait le tour des voisins pour récupérer leurs meubles. La confiserie en gros de Jacques Hanau a prospéré rue des Résistants et à leur façon, ils l'étaient, résistants. Au début, rien du tout, un vélo pour faire les livraisons et à la fin, une camionnette empestant le tabac brun de Pépé. Pendant les vacances, je fais les tournées avec mon grand-père et mon oncle Edgar, bringuebalée à l'arrière. Quand il y a des bosses, je me cogne la tête au plafond et je ris en m'accrochant à la sangle. Carling, Uckange, Vaudreching, Freistroff… On s'arrête pour livrer devant les épiceries, les cafés, les boulangeries. Je passe les cartons, pas celui-ci, l'autre, le petit, à côté ! Les plus légers sont les cornets en gaufrette, tout vides sans leur boule de glace. Souvent, à la fin de la tournée, on s'arrête dans un café et je commande une Suze pour mon oncle et une grenadine pour moi.

Pépé se gratte la tête sous son béret noir, vide sa pipe en la tapant sur le cendrier et secoue les miettes de Caporal sur sa blouse grise.

Parfois, on traverse la frontière en famille. A l'époque, c'est encore une vraie frontière, avec des douaniers. On doit montrer ses papiers. Je me cache au fond de la voiture. J'ai peur. Mais on nous laisse toujours passer. Les parents font des courses à Sarrelouis parce que c'est moins cher, et tout le monde se retrouve au *Konditorei* : ma grand-mère raffole des meringues glacées à la chantilly. L'excursion tient du raid et de la promenade de santé. Les Hanau se retrouvent chez eux. Parfois, on rend visite à la cousine Cecilia qui habite la Sarre avec sa fille Bertilla, une grande brune à moustache. On nous dit de jouer ensemble, mais on ne sait pas quoi faire. Puis on repasse la frontière en sens inverse. Les douaniers nous font signe avec la main, je m'endors…

La communauté juive s'est recomposée. Certains sont là depuis longtemps, d'autres viennent d'Allemagne ou du Luxembourg. On ne parle pas du passé, il me semble. Quelqu'un y fait-il allusion, à ces morts sans adresse, qu'on soupire, et voilà. Du moins est-ce ainsi que j'interprète aujourd'hui ce qu'alors je ne sais ou ne comprends. Les vieux parlent allemand entre eux. La synagogue a été détruite et l'on se retrouve dans un baraquement noir près de la gare. Puis une autre synagogue est construite, en pierre. Nous aussi, nous sommes des *wir sind wieder wer*.

Nous sommes toujours décalés. Le dimanche je suis habillée en tous les jours ; le samedi, en dimanche. Nous nous rendons à pied à la *Schule*, shabbat oblige. Jakob a retiré sa blouse, il est très élégant, en costume et cravate, pochette blanche, chapeau sur la tête. Ses amis le rejoignent, et ils marchent en pleine rue, solennels. Je tiens la main de mon grand-père, à la fois fière et honteuse parce que les gens nous regardent. Parfois, un copain nous dépasse à vélo et s'arrête, le pied sur la pédale. Je fais semblant de ne pas le voir. A nouveau Jakob est « quelqu'un » dans la communauté. Il chante d'une voix forte et chevrotante à la synagogue où, petite, j'ai encore le droit d'être avec les hommes. Mais attention, quand la Torah passe, interdit de la toucher même si elle repose entre les bras de mon grand-père ou de mon oncle : je suis une fille. Parfois, je caresse en douce le velours grenat. Quand on la déshabille, on dirait une grande poupée. Tout le monde s'en fiche, les hommes discutent entre eux, debout, le dos tourné à l'autel, et à l'étage les femmes bavardent à mi-voix, penchées les unes vers les autres. Les jours de fête, ma grand-mère nous accompagne, chapeau à voilette et robe de soie, et je dois monter avec les femmes. En exil.

Le samedi après-midi, les vieux se retrouvent chez mes grands-parents. On sort le schnaps et les cartes, comme à Gerolstein. A quatre heures, ma grand-mère apporte la tarte aux mirabelles et le café au lait. Seuls les hommes jouent, sauf ma mère, quand elle est là. Ils hurlent, surtout Pépé, mauvais joueur ; ils sont sérieux comme si leur vie en dépendait, et parfois ils se fâchent vraiment. On entend des *Verdammt noch mal !* et d'autres choses que je ne comprends pas. Mon grand-père jette les cartes sur la table et bafouille de colère en postillonnant. Rosa le regarde de son drôle d'air, à la fois sévère et indulgent. Il revient s'asseoir en maugréant. Je m'ennuie.

Le shabbat, on n'a pas le doit de lire, ni de travailler, ni de traîner dehors avec les copains. C'est long comme un dimanche, quand mon amie Odile va à la messe en robe rose et socquettes blanches et que je reste à jouer seule sur les marches de l'escalier.

La récompense vient à la fin du shabbat. A la première étoile, on allume les bougies, on respire les *bessamim*, les aromates où domine le parfum de girofle. Mais le vrai miracle a lieu quand ma grand-mère éteint la flamme de la bougie avec les doigts, sans se brûler. Et le moment de grâce, quand la main tremblante de mon grand-père se pose sur ma tête pour me bénir. Cette bénédiction m'accompagne toujours.

Le croira-t-on ? A peine avais-je écrit ces lignes que ma mère franchissait la frontière vacillante qui sépare encore pour elle la réalité de l'illusion. Remontant jour après jour vers la source, elle redresse les erreurs de l'existence, rappelle les absents à la vie et converse avec des morts aussi présents qu'il y a cinquante ans. J'ai écrit le mot « illusion ». Comment nommer cette autre réalité d'où elle nous parle depuis quelques jours ? Je cherche des synonymes : égarement, divagation, délire, et le mot qui terrorise, démence. Mais comment faire coïncider ce mot atroce avec la douceur nouvelle de ma mère ? La mémoire du présent s'efface, le temps et les lieux se brouillent, le passé envahit les espaces vacants. Elle m'annonce qu'elle va retravailler. Les affaires doivent repartir, tout le monde doit s'y mettre. Une question de *Heve*. De gain. Son père l'a dit... « Je dois rentrer, papa et maman m'attendent. Du reste, ils vont envoyer quelqu'un me chercher. »

Faut-il la réveiller et lui rappeler que tous ces gens

sont morts depuis longtemps ? ou la laisser dans son rêve peuplé de ceux qu'elle aime ? N'est-ce pas une chance de pouvoir gommer tous les deuils ? J'ai autant de peine à lui avouer la vérité que s'ils venaient tous de disparaître. Puis, tout redevient normal. Les morts rentrent dans leur tombe, les portes se referment. Elle se résigne : sa chambre à la résidence, les heures de repas, les animations. La femme triomphante a laissé place à une vieille dame pleine de doutes. Quelle heure est-il ? Quel jour sommes-nous ? Faut-il descendre ? Ou bien rester dans la chambre ? Et si on oublie de venir me chercher ? Où se trouve la salle à manger ? Je sais que les confusions vont se multiplier. Le nuage du passé recouvre les contours flous du présent. C'est comme si elle avançait dans la mer et que je ne puisse rien faire. Par moments elle combat encore, mais la marée monte... Je la sens s'éloigner et rejoindre son passé. Elle a oublié ses petits-enfants, nous confond ma sœur et moi, parle moins souvent de mon père ; elle a eu quarante ans, puis trente. Puis ce fut Berlin, puis Chauvigny et ses vingt ans. Elle n'en parle plus. Aujourd'hui elle a quinze ans, elle vient d'arriver en France avec sa famille, il faut donner un coup de main au magasin, pour le *Heve*. Elle rapetisse, rapetisse. Bientôt elle ne sera plus qu'un point à l'horizon.

Maman ! Que me restera-t-il pour te rejoindre, sinon mes souvenirs et mes propres illusions couchées sur le papier ? Je te regarde, pétrifiée, remonter vers la source de mon livre. Où seras-tu quand j'aurai fini ?

Comme il existe un devoir de mémoire, il existe un devoir d'oubli. On ne peut pas vivre sans mémoire. Sans oubli non plus. Mais si, avec des efforts, on parvient parfois à se souvenir, on ne peut se forcer à oublier. Seul le temps en nous émousse l'aigu d'une douleur, le tranchant d'une perte. La maladie de ma mère l'empêche de vivre normalement, mais elle lui permet de trouver par moments ce que certains cherchent dans le sommeil, d'autres dans l'alcool ou la drogue. Romy Schneider n'y parvint jamais. Ni les tranquillisants, ni les somnifères, ni les euphorisants, ni le vin blanc, ni le champagne, ni le whisky ne réussirent à effacer ce qu'elle cherchait à fuir. Rien n'est plus lourd à porter qu'une faute dont vous n'êtes pas responsable. Si on ne l'extirpe pas à la racine, elle pourrit tout. L'enfant porte les crimes de ses parents, la victime celle du violeur, la mère la mort de son fils. Plus elle est illégitime, plus la culpabilité se fait diffuse, envahissante, toute-puissante. Elle engendre un doute permanent. Les rares îlots de certitude – le talent, la beauté – se gangrènent à leur tour. A force de ne pas s'oublier, on perd de vue les autres. On s'enferme. On dérive.

Les échecs et les drames s'accumulent dans la vie de Romy et la rongent comme un acide. Des moments, de longues plages de bonheur aussi, bien sûr. Le processus est lent et pendant des années, ses échecs sentimentaux sont compensés par les succès cinématographiques. Manque de lucidité dans sa vie privée, sûreté dans ses choix professionnels. Son instinct ne la trompe pas : elle interprète les meilleurs rôles, ceux qui font d'elle la plus grande actrice française. Lors de la première cérémonie des césars en 1976, elle est élue meilleure interprète devant Catherine Deneuve, Isabelle Adjani et Delphine Seyrig, pour le rôle de Nadine Chevalier dans *L'important c'est d'aimer* d'Andrzej Zulawski. Elle reçoit un deuxième César en 1979 grâce au personnage de Marie d'*Une histoire simple*, le film écrit pour elle par Claude Sautet. « Ça ne peut pas être vrai qu'on me fasse un tel honneur ! » s'étonne-t-elle, les larmes aux yeux.

Actrice française ? Oui, et c'est un autre paradoxe : que les Français, dans les années 70, aient choisi une Allemande pour incarner leur image fantasmatique de la femme. « Elle livre aux Français ce qu'ils aiment et haïssent à la fois : l'Allemagne », explique Alice Schwarzer qui voit en elle l'incarnation de l'âme allemande telle qu'on se la représente des deux côtés du Rhin : passionnée, romantique, profonde, abyssale. Mais les Français savent-ils encore qu'elle est allemande ? Claude Sautet voit en elle « le prototype de l'actrice française, solide et indépendante ». Pour le public, elle est au-delà : une star à la fois distante et familière. Elle est inaccessible, il ne viendrait à personne l'idée de lui taper sur l'épaule. Discrète, et même secrète. On la respecte. Et en même temps, on s'identifie à ses personnages. On la confond avec eux. Grâce à Claude Sautet, elle devient le symbole de la femme libre, maîtresse plutôt qu'épouse, fille plutôt que mère. Les spectatrices se projettent en elle, les hommes fantasment. Sa sensualité rayonnante, son rire, ses larmes, sa voix, son mystère : la synthèse de toutes les femmes, dira Claude Sautet qui la fait tourner dans cinq films : *Les Choses de la vie*, *Max et les ferrailleurs* (le ciré noir de Lily, la prostituée), *César et Rosalie*, *Mado* et *Une histoire simple*. Amoureux de la femme, il sublime la comédienne.

Il l'a croisée dans les studios de Boulogne-Billancourt où elle doublait en allemand *La Piscine*. Elle sera Hélène, l'héroïne des *Choses de la vie*, le scénario qu'il est en train d'écrire avec Jean-Loup Dabadie d'après le roman de Paul Guimard. Les lettres de Romy à Christiane Höllger, son amie berlinoise, témoignent de leur passion. « Nous sommes complètement fondus l'un dans l'autre », s'enthousiasme Romy. Mais son besoin d'exclusivité se heurte à la banalité : un homme marié. Elle attend des heures devant chez lui, n'ose pas lui téléphoner à la campagne, pleure, se désespère. De cet amour devenu amitié, Sautet tirera le meilleur : des rôles sur mesure qui éclairent les facettes contradictoires de la femme.

L'estime de soi lui fait-elle à ce point défaut que sans le désir de l'autre elle s'atrophie ? Elle tombe amoureuse de ses partenaires, de ses réalisateurs, réclamant une attention exclusive, à la fois soumise et dominatrice. « Une petite fille qui n'est pas encore structurée pour pouvoir condamner un adulte reporte la faute sur elle, écrit Jane Fonda, qui comme sa propre mère eut elle aussi à subir la séduction d'un homme plus âgé. Cette culpabilité la pousse ensuite souvent à se rendre responsable de tout ce qui va mal, à détester son corps et à avoir besoin de le rendre parfait pour effacer la tache. [...] Et celles à qui une telle chose est arrivée ont souvent un éclat dû à l'énergie sexuelle réveillée en elles par la force, et bien trop tôt. » L'absence de Wolf, l'ombre menaçante de Blatzheim, planent sur la quête d'amour sans fin de Romy Schneider. Séductrice, irrésistible...

Des hommes vénérés, en âge d'être son père, comme Curd Jürgens, Herbert von Karajan ou Luchino Visconti ; des comédiens aimés comme Serge Reggiani, Bruno Ganz, Jean-Louis Trintignant, Richard Harris, Jacques Dutronc, Peter Finch, des metteurs en scène comme Claude Sautet ou un Patrice Chéreau si gêné par ses avances qu'il ne tournera jamais avec elle... Le producteur Bob Evans, dont l'épouse Ali MacGraw dénoncera la violence. Des femmes aussi. C'est ce désir qui la porte, et quand il se retire ou que le sien faiblit, elle replonge dans le doute et la dépression. Sous l'affirmation de la femme libre, sous son envie de vivre et d'être heureuse, se cache le manque de confiance en soi.

Et à nouveau, elle paie. Le divorce avec Harry Meyen lui a coûté la moitié de sa fortune. Il ne touchera pas à cet argent qu'il garde pour David. A sa mort, on le retrouvera intact dans un coffre, avec pour code secret la date de naissance de Romy. Avec Daniel Biasini, elle dépense des sommes fabuleuses sans même s'en apercevoir : bolides, yachts, voyages… Nouveau divorce ruineux, problèmes avec le fisc, pour la première fois de sa vie, Romy connaît des difficultés d'argent.

Tout avait si bien commencé, pourtant. Elle fait la connaissance de Daniel Biasini en septembre 1972, juste avant le tournage du film *Le Train*. Ce jeune homme de bonne famille, marginal dans l'air du temps, devient son secrétaire puis un homme de confiance qui la décharge de toutes les corvées du quotidien, du choix d'une cuisinière à l'inscription de David à l'école bilingue. Elle a décidé d'habiter à Paris et s'installe 34 rue Bonaparte, puis 16 rue Berlioz. Elle est son employeur. Petit à petit, elle fait entrer Daniel dans son intimité, il est témoin de ses coups de cœur, de sa passion pour Jean-Louis Trintignant. Daniel ne se contente pas de gérer le quotidien, il la rassure, la console, prend soin d'elle et de son fils. Quand elle tombe amoureuse, il est déjà trop tard. L'« homme sans qualités » s'est rendu indispensable. Durant l'été 1974, elle se repose à Saint-Tropez du tournage épuisant de *L'important c'est d'aimer*. Il la rejoint sur le yacht de ses parents, et au petit matin, en mer, débute leur idylle. C'est Romy qui est allée à lui, et sa volonté de contrôle marque leur relation. Plus âgée, plus riche, célèbre. D'ancien employé, le voici devenu « fiancé ». Elle veut un enfant. Le 18 décembre 1975, enceinte, elle épouse Daniel à Berlin, sa chevelure bouclée ceinte d'une couronne de fleurs, comme Magda le jour de ses noces avec Wolf. Elle dit *oui*, il dit *ja*. C'est pour la vie, refrain connu… Romy perd son bébé quelques mois plus tard. Elle fait front aux rumeurs qui accusent Biasini de profiter d'elle. Et qu'importe, après tout ? On peut trouver du plaisir dans la dépendance, et elle n'empêche pas la réciprocité. Il la comprend, accourt quand l'angoisse la saisit sur un tournage, supporte sa cyclothymie. Et surtout, il s'occupe de David, enfant nerveux entre deux parents instables. Il prend soin de lui comme un père, mieux que son père. Le couple quitte la rue Berlioz et achète une maison à Ramatuelle. Romy est à nouveau enceinte. Sarah naît en juillet 1977. Son rêve de normalité reprend corps. Les photos de l'époque montrent une femme éclatante de beauté, épanouie, vivante. Resplendissante de bonheur.

Pas pour très longtemps. Elle est à Acapulco quand elle apprend la mort de Harry Meyen, le 15 avril 1979. C'est un dimanche de Pâques. Elle rentre, accueillie à l'aéroport de Hambourg par la meute des journalistes. Depuis des années, Harry traînait une vie misérable, de dépression en coma éthylique, au bord de la folie. Ses tentatives artistiques – un *Tannhäuser*, un *Barbier de Séville* – ont été des fiascos. Sa vie privée aussi. Il est devenu une épave dont les plaisanteries sinistres ne font plus rire personne. Il accuse le cinéma de lui avoir pris Romy. Harry Meyen – ou faut-il dire Harald Haubenstock ? – s'est pendu avec une écharpe à l'échelle d'incendie de son immeuble. Romy Schneider ne se le pardonnera jamais. La presse allemande renchérit, en l'accusant d'être responsable du suicide de son ex-mari. L'homme du

Nord si correct, à l'humour si glacial, était vêtu d'une simple chemise. Romy le fait enterrer le lendemain, sans prévenir les quelques amis encore fidèles. Seule, ou presque. Dans sa mémoire, leurs années communes vont devenir les plus heureuses de sa vie. « J'aime toujours Harry », affirmera-t-elle lors du tournage à Berlin de *La Passante du Sans-Souci*, dédié à sa mémoire et à celle de son fils. La photo de Harry l'accompagne partout. Pas plus qu'Elsa Wiener, l'héroïne du film, elle n'a pu sauver son compagnon. Un long plan du film la montre sur son lit, abrutie par l'alcool et les barbituriques, la tête renversée. Image prémonitoire où elle mime sa mort à venir.

Quelle est la part de la déportation dans le désastre qu'était devenue la vie de Harry Meyen ? Cette même année, le téléfilm *Holocaust* rappelle au monde entier, et plus particulièrement aux Allemands, une histoire qu'il s'efforçait d'oublier. Après le temps du refoulement, celui du souvenir. Après le silence, la parole.

Certes, le 1er octobre 1956, sept théâtres avaient joué la première du *Journal d'Anne Frank* en allemand. A Berlin, lorsque le rideau était retombé, l'assistance était restée muette, sans applaudir. En pleurs. Les Berlinois étaient sortis du théâtre sans échanger un regard. Plus d'un million de spectateurs avaient assisté aux représentations dans le pays, faisant d'Anne Frank une héroïne nationale. Mais le destin individuel de la jeune fille éveillait l'émotion plus que les consciences. Il était trop tôt. L'Allemagne continuait à se taire.

Vingt ans plus tard, la parole, très lentement, atteint les enfants des juifs comme ceux des Allemands. Je rencontre Harry, le jeune Allemand venu en Israël pour « comprendre » en 1981. En Allemagne comme en Italie, le terrorisme des années 70 avait été la réponse aveugle d'une génération qui réglait ses comptes avec le passé de ses parents. Cette fois, la glace se fissure et les fantômes quittent l'ombre pour la lumière. Une lumière encore diffuse, et une parole que les enfants nés après guerre ont encore bien du mal à entendre.

Mon premier témoignage de déportés, je l'ai entendu en 2000, de la bouche de juifs polonais de Belleville. Je me suis effondrée. Tout ce que j'avais refusé de lire, de voir, d'écouter m'est revenu en plein visage, sans que je m'y attende. Cette histoire n'était pas la mienne. Chez nous, *Gott sei dank*, tout le monde avait réchappé. Par quel miracle ? Je ne me posais pas la question. J'avais ce privilège d'une famille intacte, sans arrestation ni déportation. Une exception historique. Rien de tout cela ne me concernait. J'avais tiré le rideau de fer. Nous, c'étaient les eaux vertes de la Vienne à Chauvigny, l'armée des vainqueurs dans l'Allemagne, et au pire, le camp de prisonniers en Autriche, le pays des vacances. Seule exception : la sœur de mon père, Marthe, son mari et leurs deux enfants. Quatre personnes, tout de même, me direz-vous… Oui, mais je le savais depuis toujours, je connaissais la photo des deux petits garçons, leur disparition était assimilée, digérée, un fait biographique comme la mort de ma grand-mère paternelle, que je n'ai pas connue. Oui, pendant cinquante ans, « toute cette histoire d'Hitler », comme l'appelait ma mère, m'a été plus étrangère que le XVIIe siècle. La force du déni verrouillait toutes les occasions d'apprendre la vérité.

Mais cette fois, avec ces hommes et ces femmes

assis à deux mètres de moi, je n'ai pu éviter. Mon émotion parlait pour moi. Quand j'ai fait remarquer à ma mère la chance que nous avions eue d'échapper à la Shoah, elle m'a regardée interloquée. Dans notre famille, seize ou dix-sept personnes – combien, elle ne savait pas exactement – étaient mortes en camp de concentration.

Elle m'a soutenu que je savais, qu'elle m'en avait parlé. Sur le moment, j'ai été sûre que non. Non, elle n'avait jamais rien dit. Sinon, j'aurais su. Maintenant, je doute. Son silence, ou mon refus d'entendre ? Voilà pourquoi je suis prête à accueillir toutes les vérités sur ce sujet, et les plus invraisemblables. Tout, absolument tout, est possible. On peut à la fois savoir et ne pas savoir.

La geste de ma mère en Allemagne lui a permis d'effacer une partie de l'ardoise. Elle n'avait pas pu suivre son frère dans la Résistance à cause de ses parents. Sa guérilla, elle l'avait menée à sa manière, après, sur le terrain. Je ne lui ai jamais connu l'ombre d'une culpabilité ou d'un regret, elle n'a jamais courbé la tête. Sa force de vie coule dans mes veines, intacte. Quant à mon père, il a vécu protégé par sa bonté et son humour. Leur silence, le trait tiré sur le passé, leur refus de la plainte, leur gaieté ont fait de notre jeunesse un paradis. Et comme au paradis, nous avons vécu dans l'ignorance et hors du temps.

Romy Schneider elle non plus « ne savait pas ». Dans les prairies de « Mariengrund », à deux pas du nid d'aigle, elle joue avec Wolfi, son petit frère, et se promène dans les forêts avec son père.

Elle ne sait pas que le fameux document qui montre Magda en compagnie de Hitler et de ses officiers n'est pas le fruit du hasard. Parmi ses admirateurs d'avant-guerre à Munich, si l'on en croit le biographe allemand Michael Jürgs, un certain Adolf Hitler s'assied tous les soirs au premier rang et lui fait porter des fleurs dans sa loge. « Vous n'ignorez pas, j'espère, que si j'allais au théâtre à Munich, c'était uniquement pour vous », confiera plus tard le Führer à une Magda Schneider ravie.

Elle ne sait pas que ses parents ne sont pas seulement des sympathisants mais des courtisans de Hitler. Dans ses souvenirs, Magda se félicite sans états d'âme de l'enfance heureuse de sa fille et des anniversaires charmants dans le pavillon de chasse des Bormann à Berchtesgaden. « Vous savez, ajoute-t-elle avec fierté, Martin Bormann était le secrétaire de Hitler et le plus puissant de ses collaborateurs. Les Bormann avaient huit enfants, donc, il y avait beaucoup d'anniversaires ! »

Une nuit de décembre 1976, Romy Schneider confiera à Alice Schwarzer : « Je crois que maman avait une liaison avec Hitler. »

Jamais, jamais, elle ne posera de questions à sa mère. Qui peut poser ce genre de question à sa mère ?

La même nuit Romy pleure en évoquant l'Allemagne : « Si on te fait trop mal dans le pays d'où tu viens, eh bien, tu pars ! » Nostalgie et ressentiment : sentiments mêlés de tous les exilés du monde. Romy Schneider y ajoutera la honte et la culpabilité. A elle de payer, une fois de plus.

Mon grand-père paternel a appris par une lettre la mort de sa fille et de ses deux petits-fils, Jean-Jacques et Guy, âgés de onze ans et six ans. Ils avaient été arrêtés sur dénonciation une nuit d'août 1943 à Lencloître où ils étaient réfugiés, emmenés à Poitiers puis déportés à Auschwitz. Lucien Aron, le mari de Marthe et le père de ses enfants, les y avait précédés. Arrêté à Clichy-sous-Bois, il est mort dans le même camp le 18 juillet 42.

Dans un dossier jauni, parmi différentes pièces officielles, se trouve un livret de la « Caisse d'épargne de Strasbourg, Succursale de Rosheim », attestant qu'en septembre 1934 cinquante francs avaient été déposés au nom de Jean-Jacques. Quelqu'un avait un jour misé sur l'avenir du petit garçon et pensé que l'argent lui serait utile pour ses études ou pour s'acheter un vélo. Il n'en avait pas eu besoin.

Des disparus du côté de ma mère, je ne sais rien ou presque. Je n'ai pas cherché. A quoi bon ? Mon travail de biographe s'arrête à la vie des autres. Le passé est le passé, comme elle dit. Il vaut mieux vivre. « Profite de la vie, répète-t-elle, profite, ça passe si

MINISTERE DES ANCIENS COMBATTANTS
& VICTIMES DE GUERRE

DIRECTION DE L'ETAT-CIVIL
ET DES RECHERCHES

2ème BUREAU DE L'ETAT-CIVIL
DEPORTES
83, Avenue Foch - PARIS 16°

Formule 37

REPUBLIQUE FRANÇAISE

PARIS, le -5 JUIL 1947

Le Chef du Bureau de l'Etat-Civil
Déportes

à

Monsieur le Maire
de *Chamallières* P. d'D.

     J'ai l'honneur de vous adresser ci-joint une lettre destinée a :

     Monsieur Bloch Samuel

     En effet de l'examen du dossier en ma possession, il résulte que la famille intéressée ne paraît pas avoir eu connaissance du décès de *Madame Aron née Bloch Marthe Odette* *Monsieur Aron Jean Jacques* *Aron Guy* quoiqu'elle ait fait une demande de régularisation de son état-civil.

     Je vous précise que mes services ont dressé un acte de décès, du seul fait que les déportés raciaux de l'âge de disparu, étaient systématiquement exterminés à leur arrivée dans les camps a l'... ...ment allemande.

     Aussi, vous serais-je obligé de bien vouloir remettre l'avis ci-joint à son destinataire, en l'informant des conditions dans lesquelles l'acte a été dressé.

             Pour le Ministre et par Délégation
             Le Chef du Bureau de l'Etat-Civil
                   Déportés.

vite. » Et parfois, elle ajoute, en verve : « Heureusement, chez nous, on garde toujours le *Galgenhumor* ! »

Le *Galgenhumor* ? L'humour noir, littéralement, l'« humour de potence ».

La mort de son fils, le 5 juillet 1981, Romy Schneider l'apprend dans le couloir de l'hôpital où elle vient d'accourir. L'essaim des photographes guette déjà son arrivée. Ils la traquent dans l'hôpital, la poursuivent chez elle, partout où elle tente de se réfugier. Les mouches s'attachent à ses pas comme des Erinyes.

Elle venait à peine de se réconcilier avec David et l'avait revu quelques jours plus tôt, lors du doublage du film de Claude Miller, *Garde à vue.* Mère et fils étaient brouillés. Ils s'adorent et souffrent du même mal : l'échec de leur vie familiale. Depuis le début des années 80, les relations se sont dégradées entre Romy et Daniel. Elle supporte mal de vieillir, s'exagère leur différence d'âge. Elle a souffert aussi de ne pas avoir de rôle dans *Un mauvais fils,* de Claude Sautet, dont le scénario a été écrit par Daniel Biasini. Elle s'est sentie doublement trahie. A-t-elle, comme certains l'avancent, surpris une conversation de son mari se vantant auprès d'un ami d'obtenir « ce qu'il veut » d'elle ? Difficile de faire la part des rumeurs. Ils se séparent, et divorcent en mai 1981. Romy a rencontré Laurent Pétin, jeune assistant de production, sur le tournage de *Fantôme d'amour,* quelques mois plus tôt.

David ne veut pas entendre parler du nouveau compagnon de sa mère. Il tient à rester à Saint-Germain-en-Laye chez les parents de Daniel Biasini, dont il a choisi de porter le nom. Romy est déchirée par ce conflit, mais elle ne cède pas plus que David. Lors de leur dernière conversation téléphonique, ils se raccrochent au nez. Comment ne se sentirait-elle pas coupable ?

David a quatorze ans et demi quand il s'éventre en escaladant les grilles du jardin de ses grands-parents. L'artère fémorale a été perforée. Une horreur dont se repaissent les magazines du monde entier. On publie des photos de l'enfant prises dans la morgue. Le corps de David, mort, recouvert d'un drap blanc. Des clichés qu'on s'arrache.

La mort en direct a commencé.

On ose à peine écrire cela : la traque, les 28 changements de domicile, la cache chez Alain Delon ou chez Jean-Claude Brialy où les nécrophages finissent par la dénicher, ses efforts pour tourner malgré tout *La Passante du Sans-Souci*, les rémissions, les espoirs, l'alcool, les rechutes. Comment raconter ces dernières semaines sans tomber dans les pires clichés, du pathos compassionnel à la froideur du petit fait vrai comme ce mystérieux testament, « Mes dernières volontés », en faveur de Laurent Pétin et de Sarah, rédigé en pleine nuit à Zurich sur une table de café, deux semaines avant sa mort, par une Romy hagarde, quasi ruinée, en délicatesse avec le fisc ?

Quelle est la bonne distance ?

« Ne faites pas comme tous ces biographes, me dit Jean-Claude Brialy, n'en faites pas un personnage tragique, écrasé par son destin. Elle aimait tant rire. Elle riait aux éclats comme une enfant. J'adorais raconter des bêtises pour la faire rire… » Non, elle

174

n'est pas une victime pathétique. Elle nous touche, justement, par ce courage, cette volonté d'être heureuse, de lutter, de relever la tête, de rendre coup pour coup à cette vie qui « tape si dur », comme elle dit…

« Romy Schneider, le visage marqué par la maladie et la souffrance comme si elle n'était pas maquillée, joue le rôle d'Anna avec un talent étonnant. Mais avec sa beauté parfaite et rayonnante, elle exprime aussi l'amour le plus sauvage, un rêve de jeunesse qui ébranle le monde préservé qui est le sien. » Cette réflexion du critique du *Monde,* à propos de son rôle dans *Fantôme d'amour* de Dino Risi, illustre le don réservé aux seuls grands artistes pour exprimer une vérité si profonde qu'elle leur échappe. Pourtant, sa descente aux enfers date du tournage de ce film. Son couple se défait. Elle se trouve vieille, laide. Elle ne parvient plus à affronter les autres. Elle se détruit. Mais tout est sublimé dans ce film pour lequel elle a accepté d'être ridée et enlaidie.

J'ai beau savoir quel travail représente chaque rôle, quelle réflexion sur le personnage, quels échanges avec le réalisateur à coups de petites notes, je reste émerveillée. Elle ne joue pas, elle *est*. Le texte su à la virgule près, le personnage élaboré, elle franchit d'un bond la frontière entre la réalité et la fiction. Le mimétisme est si parfait, il s'ancre si profondément en elle qu'elle insuffle au personnage ses propres émotions, ses doutes, ses élans avec une intensité qui frôle la possession. Elle lui donne sa vérité.

Oui, mais quelle vérité ?

Parfois se fait jour l'incapacité croissante de Romy Schneider à établir une séparation entre elle-même et son rôle. Au lieu de jouer, c'est-à-dire d'inscrire du *jeu*, de la distance entre son personnage et sa propre vie, elle devient la créature suggérée par le réalisateur. Elle ne cesse de s'en défendre pourtant. Je ne suis pas une sucrerie, je ne suis pas cette comédienne ratée ou cette femme allemande bourrée de culpabilité : autant de conjurations. Au fil des années, elle se fait l'interprète d'elle-même. Et ce phénomène est accentué par sa célébrité, par les emprunts vampiriques des scénaristes, baptisés coïncidences. Flaubert peut écrire « Madame Bovary c'est moi » parce qu'il reste dans l'espace symbolique de l'écriture. Mais au lieu de « faire semblant », Romy Schneider fait vraiment. Et chaque fois qu'elle traverse la membrane fragile qui sépare l'être profond de la représentation, elle le paie en épuisement ou en dépression. On doit interrompre le tournage de *L'important c'est d'aimer* à cause de son épuisement. Quand dans *Le Vieux Fusil,* de Robert Enrico, elle joue Clara, la jeune femme de Philippe Noiret, elle se débat si bien que les acteurs qui jouent les SS ont du mal à la maîtriser. Au cours de la scène du viol, elle mord l'un d'eux sauvagement. Son hurlement, surgi du plus profond d'elle-même, glace les témoins. A-t-elle, comme le pense Alice Schwarzer, revu en cet Allemand un Blatzheim qui aurait multiplié les tentatives de viol pendant son adolescence ? La scène du viol sera censurée dans la version allemande.

En tournant *La Banquière*, elle se blesse en brisant

un plâtre sur sa jambe. Elle a perdu la distance de sauvegarde. Son trac la dévore et devient une angoisse permanente. Elle s'enferme des heures dans sa loge, tandis que des centaines de figurants l'attendent. Seul son ami Jean-Claude Brialy parvient à l'en faire sortir, en faisant appel à sa conscience professionnelle.

La fin d'un tournage est une mise à mort, un deuil qui la renvoie à la réalité. « Chaque film est un poison. Il vous dévore. Il en sera toujours ainsi pour moi, même au bout de cinquante films », écrivait-elle, lucide, au début de sa carrière. Le masque est devenu sa vérité, démultipliant les visages. Qui est-elle ? De son manque d'assurance naît sa peur ; de sa peur, la nécessité de se jeter dans un nouveau rôle. Cette impossibilité à faire le départ entre réalité et fiction devient le signe de son mal-être. De son génie d'actrice aussi. Son mauvais génie ? Elle me rappelle ces héroïnes de Dostoïevski, éprises d'absolu, toujours au bord de l'explosion, à la fois fragiles et inflexibles, d'une gaieté pleine de larmes, avançant les yeux grands ouverts vers leur perte. Jamais elle ne se réconciliera avec elle-même, toujours elle rêvera d'être autre chose que ce qu'elle est. « Ma femme voudrait tellement être une mademoiselle Machin, une mademoiselle Tout-le-Monde », ironisait Harry Meyen. Le trac la paralyse. Jamais elle n'aura le sentiment de sa valeur, ni la certitude de son talent d'actrice.

Peut-être ai-je tendance à noircir le portrait ? J'oublie les photos en couleurs : elle nage dans la mer bleue, sourit de ses yeux verts, porte une robe à fleurs, serre la blonde Sarah dans ses bras, offre sa chair nue à l'objectif, ses gestes amoureux, son visage radieux qui reflète la lumière... Mais les nuits sans sommeil, la solitude, les larmes, la panique, les colères, la méfiance, les paupières gonflées, le pauvre sourire ?

« Comment peut-on écrire sur elle sans l'avoir connue ? » s'étonne Jean-Claude Brialy. Eternelle question des biographes... La vingtaine d'années qui s'est écoulée depuis sa mort a transformé la star en mythe. Tant de témoignages, de récits, de fausses confidences, d'images, de souvenirs... Ses véritables amis la protègent en gardant le silence. Pour écrire une biographie, il faudrait tout vérifier, enquêter, croiser les pistes, fouiller sa vie. Comme le premier substitut chargé de l'enquête après sa mort, je ne peux me résoudre à l'autopsier. Eventrer ce « misérable petit tas de secrets » que nous somme tous, femmes et hommes ? arracher le masque ? Surtout pas. Tous les visages de Romy Schneider, de la toute jeune fille à la femme exténuée, de la victime en pleurs à l'amoureuse rayonnante, elle nous les a offerts, ils sont là. C'est son œuvre d'actrice. A nous de les contempler, les lire, les rêver, les déchiffrer. Le mystère est la porte battante de l'être. A chacun d'en imaginer les coulisses, joie, mélancolie et désespoir mêlés.

Après la mort de David, Romy tenta de vivre un nouvel amour, adopta une nouvelle coiffure, envisagea de nouveaux projets, une adaptation de *Madame*

Bovary, un autre film avec Alain Delon. Elle acheta une maison dans la région parisienne, à Boissy-sans-Avoir qu'elle appelait Boissy-avec-Avoir. Etrange ironie : elle ignorait que ce « sans avoir » signifiait à l'origine « sans avoir peur »... Elle n'y habita jamais. Depuis le Mariengrund de son enfance, chaque nouvelle maison était une promesse. Sarah serait la gardienne de ce foyer. Elle posait avec sa fille pour les photographes, répondait à des interviews : autant de piquets qu'elle plantait bravement, gaiement même, comme les oriflammes d'une victoire future. Bref, elle essayait de toutes ses forces. Mais « je n'y arrive pas, je n'y arrive pas », confia-t-elle au téléphone le dernier soir à son frère Wolfi.

Ce soir-là, justement, elle a dîné avec des amis, puis est rentrée rue Barbet-de-Jouy, dans l'appartement prêté qu'elle partage avec Laurent Pétin. Comme souvent, elle va rester seule « avec David », en écoutant de la musique. Elle doit dîner le lendemain avec Jean-Claude Brialy, rencontrer une journaliste. Son compagnon la trouvera morte, le lendemain matin. Elle écrivait une lettre pour décommander son rendez-vous professionnel. On conclut à un arrêt cardiaque. Le jour de l'anniversaire de son père.

Quelques heures plus tard, elle repose sur son lit, dans sa robe indienne, enfin apaisée. Jean-Claude, comme à l'issue de leur première rencontre, cède la place à un Alain Delon en larmes.

Je n'ai aucune preuve et ne suis guidée que par une intuition fragile qui m'engage seule. Mais je ne parviens pas à souscrire à la version officielle. Pour moi, cette femme usée, épuisée, rongée par le chagrin et la culpabilité, a basculé aux petites heures de la nuit. Elle n'a pas eu la force de continuer. Il ne fallait pas grand-chose, quelques comprimés de plus… Elle a hésité, et s'est élancée.

Épilogue

Quand il a été trop difficile pour ma mère de vivre seule, nous avons cherché pour elle une maison de retraite. Sans le savoir, nous avons choisi un foyer fondé en 1934, pour les réfugiés juifs venus d'Allemagne. Ceux-là mêmes qui hantaient le Sans-Souci. Les forces profondes qui nous guident se trompent rarement.

Il était naturel que je me rende enfin en Allemagne, à Gerolstein. J'ai fait ce voyage avec Pierre, ma fille Lisa et un couple d'amis allemands. Je tenais à cela. La mère de Siegfried est née près de Gerolstein. Cette région est aussi la sienne, sa famille y a ses propres blessures. Grâce à lui j'ai remonté le fil du temps, du village natal de mon grand-père en Sarre au cimetière où sont enterrés mes arrière-grands-parents. Nous n'avions pas la clef, il a fallu escalader les murs. Des noms sont apparus sur les tombes. Des dates. Mon arrière-grand-père, un grand-oncle, ses deux fils déportés. Les pierres étaient des visages. Mon arbre poussait ses racines. Könen où est née ma grand-mère Rosa, au confluent de la Sarre et de la

Moselle, puis ce fut le massif de l'Eifel, et Gerolstein. Des collines, des prairies, des sapins. Une rue principale, la Hauptstrasse, la maison où a grandi ma mère – une vraie, haute maison, devenue une librairie dans laquelle je suis entrée. Entrée ! Soixante-dix ans après ! Un réel si concret que j'avais du mal à y croire : je circulais dans un rêve où le passé et le présent se confondaient. J'étais chez moi. Le monte-charge installé par mon grand-père était devenu un ascenseur qui desservait un passage public. La maison de la tante Gertrud, d'autres encore. Tout était si paisible. La petite ville allemande, les magasins fermés le samedi après-midi, la rue piétonne, la place ronde avec la terrasse… A la gare, je me suis penchée vers les rails, j'ai vu les Hanau descendre la rue, se presser vers les quais, hisser les valises sur le marchepied du train.

Et soudain, la vérité m'a sauté au visage. Il n'y avait plus un seul juif. On les avait chassés, dénoncés, arrêtés, déportés, assassinés. Quelques descendants de passage comme moi, de temps à autre, et c'est tout. Le silence s'était installé. Je n'apprendrais rien de plus : les archives avaient été détruites. Un habitant de Gerolstein s'est employé à reconstituer la mémoire de la communauté juive. « Les gens prétendent ne rien savoir ou refusent de témoigner », me confirma-t-il. Il reste de l'indicible. J'ai compris que c'est ma part de l'héritage allemand, celui de ma mère. De sa famille, de leurs amis. Mais aussi de Romy, de Siegfried, de Harry, de tant d'autres. Cet indicible qui nous lie.

182

Sur sa tombe, Romy Schneider a demandé qu'on écrive son véritable nom : Rosemarie Albach. La mort l'a rendue à elle-même. David est auprès d'elle. J'irai, au printemps prochain.

Août 2006.

Les citations et références principales sont tirées des ouvrages suivants :

Laure Adler, *Dans les pas de Hannah Harendt*, Gallimard, 2005.

Daniel Biasini, *Ma Romy,* avec la collaboration de Marco Schenz, Michel Lafon, 1998.

Jean-Claude Brialy, *Le Ruisseau des singes*, Robert Laffont, 2000.

Jane Fonda, *Ma vie*, Plon, 2005.

Christiane Höllger et Claudia Holldack, *Rosemarie Magdalena Albach, genannt Romy Schneider*, documentaire, WDR, 1994.

Ernest Jones, *La Vie et l'Œuvre de Sigmund Freud*, PUF, 1969.

Michael Jürgs, *Der Fall Romy Schneider. Eine Biographie*, Ullstein Heyne List Gmbh & Co, KG, 2003.

Ruth Klüger, *Refus de témoigner*, Viviane Hamy, 1997.

David Lelait, *Romy au fil de la vie*, Payot, 2002.

Henri Ménudier, *L'Allemagne occupée, 1945-1949*, Complexe, 1990.

Henri Raczymow, *Le Cygne de Proust*, Gallimard, coll. « L'un et L'Autre », 1989.

Reinhard Rürup, *Berlin 1945*, Arephövel, 1995.

Alice Schwarzer, *Romy Schneider Mythos und Leben*, Verlag Kiepenheuer und Witsch, Cologne, 1998.

Moi, Romy. Le journal de Romy Schneider, avec la collaboration de Renate Seydel, Michel Lafon, 1989.

Bernard Violet, *Les Mystères Delon,* Flammarion, 2000.

Merci à Jean-Claude Brialy qui m'a reçue le 11 mai 2006.

Du même auteur :

MADAME ZOLA, *biographie*, Grasset, 1997. (Grand Prix des lectrices de *Elle*, 1998.)

CHEZ ZOLA, À MÉDAN, coll. « Maison d'écrivain », Christian Pirot, 1999.

ELLES – HISTOIRES DE FEMMES (collectif), Filipacchi, 1999.

LÉGENDES RUSTIQUES DE GEORGE SAND, *introduction*, Christian Pirot, 2000.

BALADES EN YVELINES, coll. « Sur les pas des écrivains » (collectif), éd. Alexandrines, 2001.

FLORA TRISTAN, LA FEMME-MESSIE, *biographie*, Grasset, 2001. (Prix François Billetdoux de la SCAM.)

MADAME PROUST, *biographie*, Grasset, 2004. (Prix Renaudot de l'essai 2004, Prix du nouveau Cercle de l'Union 2004, Prix du Cercle littéraire proustien de Cabourg-Balbec 2005.)

MES MAISONS D'ÉCRIVAINS, Tallandier/Magazine Littéraire, 2005.

RÊVES DE MATERNITÉ, sous la direction de René Frydman et Muriel Flis-Trèves, Odile Jacob, 2005 (collectif).

LE ROMAN D'UNE MAISON. CHEZ LES ZOLA À MÉDAN,
    Payot, 2006.
FLORA TRISTAN. « J'IRAI JUSQU'À CE QUE JE TOMBE »,
    Payot, coll. « PBP/Voyageurs », 2006.

site de l'auteur :
www.ebloch-dano.com

www.livredepoche.com

- le **catalogue** en ligne et les dernières parutions
- des **suggestions de lecture** par des libraires
- une **actualité éditoriale permanente** : interviews d'auteurs, extraits audio et vidéo, dépêches…
- **votre carnet de lecture** personnalisable
- des **espaces professionnels** dédiés aux journalistes, aux enseignants et aux documentalistes

SLAVERS OF THE AMAZON

By
Boyd Agate

A steamy tale of kidnap, punishment and dark pleasures

Number 10 from Bondage Books

SLAVERS OF THE AMAZON by Boyd Agate

Published by Bondage Books

PO BOX 110
Leeds LS13 9AF
England

An imprint of
The Electronic Businesses Organisation Ltd

First paperback edition, 2009

Bondage Books paperback editions are chosen from the most popular e-books at:-
http://www.bdsmbooks.com

See also:- Male domination -
9780954996642 BARBARY SLAVESHIP Allan Aldiss
9780954996659 DARK OBSESSION Argus
9780954996673 JUSTINE de Sade, retold by Rex Saviour
9780954996680 KLITZMAN'S ISLE Paul Blades
9780954996697 KLITZMAN'S EMPIRE Paul Blades
9780955823510 KLITZMAN'S PARADISE Paul Blades
9780955823527 THE SECRET SADIST Ted Edwards
9780955823534 PIRATE'S PRIZE Mark Slade
Lesbian domination –
9780955823541 URSULA'S REVENGE Allan Aldiss

A BONDAGE BOOKS Paperback